Cocon der Liebe

Juergen von Rehberg

Cocon der Liebe

*Bibliografische Information der Deutschen National-
bibliothek:*
*Die Deutsche Nationalbibliothek verzeichnet diese
Publikation in der Deutschen Nationalbibliografie;
detaillierte bibliografische Daten sind im Internet
über http://dnb.dnb.de abrufbar.*

*Herstellung und Verlag: BoD – Books on Demand,
Norderstedt*

ISBN: 978-3-7347-8176-6

Wenn ich in den Sprachen der Menschen und Engel redete, hätte aber die Liebe nicht, wäre ich dröhnendes Erz oder eine lärmende Pauke.

Und wenn ich prophetisch reden könnte und alle Geheimnisse wüsste und alle Erkenntnis hätte; wenn ich alle Glaubenskraft besäße und Berge damit versetzen könnte, hätte aber die Liebe nicht, wäre ich nichts.

Und wenn ich meine ganze Habe verschenkte und wenn ich meinen Leib dem Feuer übergäbe, hätte aber die Liebe nicht, nützte es mir nichts.

Die Liebe ist langmütig, die Liebe ist gütig. Sie ereifert sich nicht, sie prahlt nicht, sie bläht sich nicht auf. Sie handelt nicht ungehörig, sucht nicht ihren Vorteil, lässt sich nicht zum Zorn reizen, trägt das Böse nicht nach. Sie freut sich nicht über das Unrecht, sondern freut sich an der Wahrheit. Sie erträgt alles, glaubt alles, hofft alles, hält allem stand. Die Liebe hört niemals auf.

Das **Hohelied der Liebe** aus dem 13. Kapitel des
1. Korintherbriefs des Paulus von Tarsus

„Hast du dein Smartphone?"

„Ja, hab ich."

„Und das Ladekabel?"

„Ja, hab ich auch; danke!"

„Dann wünsche ich dir einen guten Flug und ruf bitte an, wenn du im Hotel bist!"

„Mach ich, bis übermorgen!"

Ein flüchtiger Kuss und dann eilte Johannes zu dem Taxi, das vor dem Haus stand und dessen Taxameter schon freudenvoll vor sich hin taktete.

Johannes und Monika waren schon viele Jahre verheiratet und in einem Alter, wo sich viele Dinge schon relativiert haben. Nicht, dass sie sich nichts mehr zu sagen gehabt hätten; aber die strahlenden Glanzlichter von einst waren zu einer normaler Lichtstärke mutiert, die aber dennoch genügend Helligkeit abgaben.

Sie hatten es in all den Jahren verstanden ihre Liebe zu pflegen und sich den gegenseitigen Respekt zu bewahren. Die Kinder waren längst aus dem Haus und hatten schon selbst Familie, zumindest die beiden Mädchen. Der jüngste Spross, Gerald, war noch Single, obwohl er auch schon jenseits der vierzig war. Seine Lebensplanung sah eine feste Beziehung nicht vor und so, wie er sich das eingerichtet hatte mit wechselhaften Beziehungen, gefiel es ihm auch. Seine Mutter konnte das nicht so sehen, was ihn aber nicht wirklich beunruhigte.

Johannes musste an Melitta denken, während er im Taxi Richtung Flughafen unterwegs war.

Melitta Westermeier war fünf Jahre jünger als er und wohnte in Twistringen. Sie ist dort zur Schule gegangen und später auf das Kippenberg-Gymnasium in Bremen. Ihre Deutschlehrerin entdeckte schon früh das Talent der Schülerin im Umgang mit der deutschen Sprache. So war es auch nicht verwunderlich, dass Melitta diese Gabe später als Hobby weiter pflegte. Zum Beruf machen wollte sie es jedoch nie. Sie trat nach dem Abitur in die Bremer Stadtverwaltung ein, wo sie auch ihren späteren Ehemann Wilfried kennenlernte. Kinder hatten die beiden nicht.

Das Taxi war am Flughafen angekommen. Johannes nahm seinen kleinen Koffer und ging in das Gebäude. Das Gepäck musste ja nur für zwei Tage reichen. Am dritten würde er ja schon wieder zurück fliegen.

Johannes hatte einen Platz am Fenster. Er setzte die Kopfhörer auf und hörte Musik aus seinem Smartphone. Ja die moderne Technik war schon ein Segen. Telefon, Uhr, Internet, Bilder, Dokumente, Musik, alles in einem kleinen Gerät. Nur Kaffee kochen konnte es nicht. Aber das war kein Problem; Johannes war leidenschaftlicher Teetrinker.

Der Flug von Salzburg nach Bremen führte über Frankfurt, wo Johannes eine gute Stunde Aufenthalt hatte, bevor er weiter nach Bremen fliegen konnte.

Die gesamte Reisezeit dehnte sich so auf fast 3 ½ Stunden aus.

Johannes dachte an Monika. Er hatte ihr vorgeschlagen, sie möge ihn doch begleiten; aber das wollte sie nicht. Außerdem fühlte sie sich ihren gemeinsamen Enkelkindern zu sehr verbunden, als dass sie nicht jederzeit erreichbar hätte sein wollen. Und Fernsehen? Das wollte sie schon gar nicht.

Johannes hatte überraschender Weise eine Einladung zu Frauke Herrmanns Talkshow bekommen. Frauke Herrmanns war eine feste Größe im Showbiz bei Radio Bremen und ihre wöchentliche Abendsendung lief schon über viele Jahre.

Dass Johannes eingeladen wurde, verdankte er vor allen Dingen Melitta, welche privat mit Frauke Herrmanns befreundet war. Er war nicht so blauäugig zu glauben, dass er ohne Protektion je ein Fernsehstudio von innen gesehen hätte. Dazu war er ein viel zu kleines Licht.

Johannes hatte spät mit dem Schreiben begonnen, zumindest was den ernsthafteren Umgang mit dieser Materie betrifft. Er hatte nach dem Abitur auf Lehramt studiert und danach Deutsch und Geschichte am Gymnasium unterrichtet, dem er später sogar als Direktor vorstand. So hatte er es zu einem gewissen Wohlstand gebracht, der ihm erlaubte ein kleines Häuschen in Stadtnähe zu bauen.

Melitta hatte er über ein Internetforum kennengelernt. Es heißt *„Tinte-und-Feder"* und dient Hobby-
schriftstellern als Plattform. Persönlich waren sie sich
noch nie begegnet, was aber nicht verhinderte, dass
sie sich via Internet recht nah gekommen waren. Sie
tauschten sich regelmäßig aus; auch in Form von
kleinen Beiträgen, welche sie sich gegenseitig zukommen ließen.

Monika, der dies alles nicht verborgen geblieben
war, hielt sich aus dieser Art der Begegnung heraus.
Wenn Johannes ihr davon erzählen wollte, zeigte sie
nur mäßiges Interesse. Für Johannes war das in Ordnung. So musste er auch kein schlechtes Gewissen
haben, wenn er wieder einmal die Zeit vergaß und
mit Melitta über Gebühr lange kommunizierte.

Trotz der virtuellen Nähe waren Johannes und
Melitta immer noch beim „Sie". Umso größer war die
Überraschung, als Melitta ihm die Einladung zur Talkshow offerierte. Er hatte die Teilnahme zunächst
heftig abgelehnt, aber Melitta hatte ihn solange bea-
ckert, bis er schließlich eingewilligt hatte. Ihr Argument, dass sein Buch *„E-Mail an Sabrina"*, welches er
als *„Book on Demand"* heraus gebracht hatte, ein
wirklich gutes Werk sei und verdiente einer breiten
Öffentlichkeit zugänglich gemacht zu werden, hatte
ihn überzeugt. Außerdem würde er lügen, wollte er
den Faktor *„Eitelkeit"* in diesem Zusammenhang
leugnen. Es schmeichelte ihm schon sehr. Und vielleicht könnte er ja auch sein Lieblingsobjekt *„Nicht
alles, was sich reimt, passt auch"* zur Sprache brin-

gen. Das war ein Gedichtband, dem Johannes` ganze Liebe galt.

„Verehrte Fluggäste, wir werden in Kürze landen. Bitte stellen Sie die Sitze gerade und schnallen Sie sich an. Wir danken Ihnen, dass Sie mit uns geflogen sind und hoffen Sie bald wieder bei uns begrüßen zu dürfen."

Mit diesen Worten wurde Johannes aus seinen Gedanken gerissen. Er würde sich einen Tee kaufen und dann bis Bremen weiterfliegen.

Das Hotel in Bremen lag nicht allzu weit vom Flughafen entfernt. Es war ein kleines, sauberes Hotel mit angenehmer Atmosphäre. Er packte seine wenigen Sachen aus und dann rief er Monika an.

„Ich wollte dir nur sagen, dass ich gut angekommen bin."
„Das freut mich. Wie ist das Hotel?"
„In Ordnung; klein aber fein."
„Wirst du noch etwas unternehmen?"
„Ich glaube nicht. Eine Kleinigkeit essen, vielleicht noch einen kleinen Spaziergang und früh schlafen gehen. Morgen wird sicher ein aufregender Tag."
„Dann wünsche ich dir noch einen schönen Abend und schlaf gut. Wir hören uns dann morgen."
„So machen wir das. Dir auch noch einen schönen Abend und gute Nacht!"

Das Zimmertelefon läutete. Johannes nahm den Hörer ab und meldete sich. Eine ihm unbekannte Stimme sagte: *„Hallo Johannes, Sind Sie schon lange im Hotel?"*

Es war Melitta. Daran hatte Johannes überhaupt nicht gedacht, dass sie beide im selben Hotel untergebracht sein könnten; obwohl es doch naheliegend war. *„Hallo Melitta, das ist ja eine freudige Überraschung. Ich bin erst vor wenigen Augenblicken angekommen."*

„Wie wäre es? Wollen wir irgendwohin fahren und was Feines essen? Ich lade Sie ein. Ich bin ja schließlich hier zuhause und Sie sind der Gast."

„Was Feines essen, ja. Aber die Einladung muss ich ablehnen; das würde gegen meine Prinzipien verstoßen. Erlauben Sie mir bitte, dass ich Sie einlade."

„Also gut; aber ich werde mich revanchieren. Mir fällt da schon noch etwas ein."

Melitta machte eine kleine Stadtrundfahrt mit Johannes. Vorbei am Rathaus, dem ehemaligen Arbeitsplatz von Melitta und an der neugotischen Sankt-Anna-Kirche mit ihrem mächtigen, 56 Meter hohem Turm, dem Wahrzeichen der Stadt. Johannes genoss die Fahrt und hörte seiner Fremdenführerin andächtig zu. Er drehte seinen Kopf immer wieder zu Melitta hin und er sah sie an. Sicher, er hatte schon ein Bild von ihr auf seinem Computer gespeichert; aber in natura sehen die Dinge doch meistens anders aus. Monika hatte er Melittas Bild nicht gezeigt; es hätte sie ohnehin nicht interessiert.

Melitta war groß, sicher so um ein Meter siebzig, mit einer stattliche Figur, dunkelbraunem Haar und dunklen Augen. Das Parfum, das sie benützte, war kräftig, aber nicht aufdringlich. Auf alle Fälle erotisch, verführerisch. Johannes erschrak bei diesem Gedanken und er konzentrierte sich wieder mehr auf die Umgebung und auf die Erläuterungen von Melitta.

Sie hatten die Stadt verlassen und fuhren hinaus aufs Land. Inzwischen war es dunkel geworden.

„Wohin fahren wir?"
„Lassen Sie sich überraschen. Wir sind gleich da."

Kurze Zeit später bog Melitta von der Straße ab auf einen asphaltierten Waldweg. Und dann tauchte es auf im Scheinwerferkegel von Melittas Auto: Das *„Waldschlössel"*.

„Sie können sich das ja noch einmal überlegen mit der Einladung", sagte Melitta scherzhaft, *„ganz billig ist es hier nicht. Mein Angebot steht nach wie vor."*

Johannes musste lachen. Es war auch gleichzeitig die Antwort auf Melittas Ansage. Sie betraten das Gebäude, und Melitta nannte dem Empfangschef ihren Namen. Dieser führte sie an den von ihr telefonisch vorab reservierten Tisch. Johannes hatte den

Eindruck, dass dies nicht der erste Besuch des *„Wald-schlössel"* von Melitta war. Er unterließ es aber sie darauf anzusprechen.

Eines war Johannes inzwischen klar geworden. Diese Frau wusste, was sie wollte. Und das imponierte ihm schon sehr. Sie hatte die Tür zu einem Abenteuer aufgestoßen und Johannes war bereit durch diese Türe zu gehen.

„Ein Aperitif, die Herrschaften?"
„Zwei Glas Champagner", sagte Johannes zu dem Ober und er bat Melitta um deren Zustimmung, welche sie ihm durch ein Kopfnicken, begleitet von einem Lächeln, gewährte.

Nach dem Essen, welches von der angedachten Kleinigkeit, von der Johannes noch vor Stunden zu Monika gesprochen hatte, sehr weit entfernt war und einem Digestiv, in Form eines alten Cognacs, gingen die beiden Genießer wieder zu Champagner über.

„Ich würde es als angemessen betrachten das zwischen uns stehend „Sie" zu eliminieren. Was meinen Sie, mein Freund?"
„Unbedingt, meine Liebe, unbedingt".
„Dann lassen Sie uns das umgehend erledigen!"

Johannes und Melitta hoben ihre Champagnergläser und vollzogen das Ritual.

„Fehlt da nicht etwas?", fragte Melitta mit bedeutungsvollem Blick.

„Hier, vor allen Leuten?, warf Johannes zaghaft ein.

„Du hast recht", sagte Melitta, *„das machen wir später auf dem Zimmer."*

Jetzt schwammen Johannes doch etwas die Felle davon. Was meinte sie mit *„später auf dem Zimmer"*? Bevor er noch länger darüber nachdenken konnte, löste Melitta auf:

„Nach dem vielen Alkohol kann ich ja nicht mehr fahren. Ich habe deshalb fürsorglich ein Zimmer für uns reservieren lassen. Das ist doch in Ordnung, oder?"

Das *„Ja"* von Johannes kam schneller, als er denken konnte. Was geschah da gerade? Er war im Begriff mit einer wildfremden Frau die Nacht zu verbringen. Zugegeben, das mit dem *„wildfremden"* stimmte so vielleicht nicht wirklich. Aber trotzdem. Er dachte an Monika, verwarf den Gedanken aber sofort wieder. Das passte jetzt überhaupt nicht in diese Situation.

Es war noch nicht wirklich spät, als sie sich den Zimmerschlüssel geben ließen. Was musste sich die junge Frau an der Rezeption wohl denken, als zwei ältere Herrschaften ohne Gepäck den Schlüssel abholten. Was immer es auch war, sie verriet es mit keiner Miene und beließ es mit einem *„Ich wünsche den Herrschaften eine angenehme Nachtruhe!"*

Kaum hatten sie das Zimmer betreten, läutete das Telefon. Es war das Smartphone von Johannes. Auf seinem Display erschien der Name *„Monika"*. Johannes befand sich in einer äußerst prekären Lage. Sollte er den Anruf entgegennehmen oder nicht? Würde er ihn entgegen nehmen, wüsste er nicht, wie er sich verhalten sollte. Die Gefahr, dass er herum stottern würde, wäre zu groß und außerdem wäre der Zauber des Augenblicks unwiederbringlich zerstört.

Johannes entschied sich den Anruf zu ignorieren. Melitta war unmittelbar, nach dem Betreten des Zimmers, ins Badezimmer enteilt. Sie hatte das Läuten des Smartphones wahrscheinlich überhört. Zumindest sagte sie nichts diesbezügliches, als sie aus dem Badezimmer heraus kam. Der hoteleigene Bademantel umhüllte ihren formschönen Körper.

„Möchtest du dich auch ein wenig frisch machen?", war die charmante Aufforderung an Johannes es ihr gleich zu tun.

„Sehr gern; aber lauf mir nicht weg!", so die scherzhafte Antwort von Johannes.

„Keine Sorge, das passiert sicher nicht. Soll ich uns etwas zu trinken kommen lassen?"

„Was immer du möchtest!"

Als Johannes aus dem Badezimmer kam, lag Melitta in einer verführerischen Pose auf dem Bett. Ihr Bademantel war leicht geöffnet und gab einen kleinen Einblick auf ihren Körper frei. Es war gerade einmal so viel, um die Erregungskurve eines Mannes blitzartig von Null auf Hundert zu katapultieren.

Es klopfte. Der Zimmerkellner brachte die bestellte Flasche Champagner und stellte sie auf einem kleinen Tischchen ab. Während er dieses tat, sah er nicht eine Sekunde lang auf das Bett und dessen amouröse Belegung.

„Nehmen Sie das Geld auf dem Tischchen; es ist für Sie!", erklang Melittas Stimme.

Der Zimmerkellner nahm das Geld, bedankte sich und ging aus dem Zimmer. Auch bei diesem Vorgang vermied er den Blick in Richtung auf das Bett.

Melitta würdigte dies mit der Bemerkung: *„So etwas erlebt man nur in einem erstklassigen Haus."* Und dann zu Johannes gewandt: *„Schenkst du uns bitte ein Glas ein?"*

Johannes tat, wie von Melitta gebeten und ging mit den beiden Gläsern zu ihr hin. Er setzte sich auf den Rand des Bettes und reichte Melitta das Glas. Sie hatte sich etwas aufgerichtet und dabei rutschte ihr der Bademantel über die linke Schulter herunter und gab den Busen frei. Sie ließ das unbeachtet, stieß mit ihrem Glas an das Glas von Johannes und sagte dann:

„Lass uns auf eine tolle Nacht trinken und dann will ich endlich den ausstehenden Kuss, den du mir noch von vorhin schuldest!"

Johannes war inzwischen in höchste Erregung gefallen. Er hörte das Blut in seinen Adern rauschen und er fühlte das Pochen in seinen Schläfen.

Jetzt gab es kein Halten mehr. Er begehrte Melitta, wie noch nie einen Menschen zuvor. Sein ungestümes Verhalten war Melitta zu heftig und sie bremste ihn ein:

„Nicht so schnell, du wilder Stier! Ich möchte, dass wir diese Nacht genießen. Und es soll dauern; sehr lange dauern."

Und dann lenkte Melitta Johannes, so wie eine passionierte Reiterin ihr Pferd lenkt, indem sie nur mit leichtem Schenkeldruck das Maximale aus dem Tier heraus holt. Und Johannes war in diesem Augenblick der ungestüme Hengst und Melitta war die Reiterin, die ihr Pferd beherrscht. Und Ross und Reiter bildeten eine Symbiose, die eine perfekte Liebesnacht ermöglichte, um sie unvergesslich zu machen.

Melitta war noch im Badezimmer und Johannes war schon in den Frühstücksraum voraus gegangen. Er rief Monika an, um ihr zu sagen, wie sehr er bedaure ihren Anruf am Vorabend nicht gehört zu haben. Er wäre nach der Anreise so müde gewesen und er hätte sich, nach dem Abendessen, gleich zu Bett begeben.

Monika zeigte volles Verständnis, wie sie das immer schon machte, liebte sie ihren Gatten doch viel zu sehr, um groß Aufsehens über unwesentliche Dinge zu machen. Es wäre ja auch nicht wichtig gewesen; sie wollte ihm lediglich eine gute Nacht wünschen.

Johannes bedankte sich liebevoll bei Monika und versicherte ihr, er würde sie auf alle Fälle am Abend vor der Sendung und unmittelbar auch danach anrufen. Er war über den Verlauf des Gesprächs hoch erfreut und beendete es rechtzeitig, bevor Melitta zum Frühstück erschien.

„Na, wie fühlst du dich, mein wilder Stier?", fragte sie bestens gelaunt und gab ihm einen Kuss auf die Stirn. Letzteres verursachte bei Johannes leichtes Unbehagen. Er sagte jedoch nichts, errötete nur leicht und gab nonchalant zurück: *„Bestens, meine Liebe, bestens!"*

Für 11:00 Uhr war eine Besprechung in der Redaktion des Senders vorgesehen. Zeit genug also ins Hotel zu fahren, um sich umzuziehen. Die Besprechung fand ohne Frauke Herrmanns statt und diente einer Rahmensetzung für den abendlichen Talk. Melitta und Johannes wurden nach persönlichen Details befragt, nach ihren Hobbies und zu ihren bisherigen Veröffentlichungen.

Die restliche Zeit nach dem Gespräch bis zum Abend stand den Kandidaten zur freien Verfügung.

Sie sollten lediglich spätestens um 18:30 in der Maske sein.

Melitta war nach Hause gefahren. Den Grund dafür hatte sie Johannes nicht genannt. Sie hatte ihm nur gesagt, sie wäre rechtzeitig zurück und Johannes möge sich doch auf den Bremer Marktplatz begeben, wo er all die wichtigsten Sehenswürdigkeiten der Stadt auf einmal bewundern könnte.

Und das tat er dann auch. Er schaute sich das wunderschöne gotische Rathaus an, das im Jahr 2004, zusammen mit dem über 10 Meter hohen *„Roland"*, der Symbolfigur der Stadt, zum *„Weltkulturerbe der Menschheit"* erklärt wurde. Und er bewunderte ebenso den *„Schütting"*, ein Gebäude im Renaissance-Stil, welches der Bremer Kaufmannschaft als Sitz diente, sowie die Giebelhäuser, ehemals auch im Renaissance-Stil erbaut, deren historische Fassaden jedoch im 20. Jahrhundert errichtet wurden.

Den Dom hob sich Johannes bis zum Schluss auf. Das Gebäude, das über mehrere Jahrhunderte einigen Um- und Neubauten ausgesetzt war, erlitt während des zweiten Weltkrieges massive Schäden und wurde gleich nach Kriegsende wieder hergestellt. Besonders beeindruckend empfand Johannes den *„Bibelgarten"*, welcher über 60 Pflanzenarten beherbergt, die in der Bibel erwähnt werden.

Während Johannes den Dom selbst mit nüchternem Blick besah, befiel ihn im Bibelgarten ein eigenartiges Gefühl. Der Name Johannes ließ zwar Rückschlüsse auf Religion und Bibel zu, seine Einstellung zur Kirche war jedoch weit weg von jedweder Zugehörigkeit zu dieser Institution. Er hatte ihr schon vor vielen Jahren den Rücken gekehrt und pflegte seitdem den direkten Kontakt zu seinem Schöpfer, dem er sich nach wie vor verbunden fühlte.

Vielleicht war es die Stille, die ihn in diesem Augenblick veranlasste den vergangenen Abend bzw. die vergangene Nacht in Erinnerung zu rufen. Vielleicht war es aber auch eine andere Macht, die das tat und nicht er selbst.

Wie war das möglich gewesen? Er schlief mit einer Frau, der er zuvor noch nie persönlich begegnet war. Und er tat dies im Vollbesitz seiner geistigen Kräfte. Nun ja, soweit ein über die Maßen erregter Mann in einem solchen Moment überhaupt noch denken kann. Man weiß ja, wohin das Blut dann fließt. Nicht in den Kopf; wohl eher in die entgegen gesetzte Richtung. Und Johannes hatte es ja genossen und er tat es noch, selbst jetzt beim Lustwandeln im Bibelgarten.

Johannes empfand keine Reue, was ihn doch einigermaßen befremdete. Er war mit Monika seit über 40 Jahren glücklich verheiratet, sie hatten drei Kinder miteinander und sie genossen ihren Lebensabend, der mit der Pensionierung von Johannes vor zwei Jahren begonnen hatte.

Das Wort *„Lebensabend"* klingt zwar irgendwie romantisch; jedoch keinesfalls besonders aufregend. Und vielleicht erklärte das ein wenig, warum Johannes seine Monika betrogen hatte, und das zum ersten Mal. Aber was heißt eigentlich *„betrogen"*?

Jemanden betrügen bedeutet doch einem anderen – unter Vortäuschung falscher Tatsachen – Schaden zuzufügen in Form von Manipulation oder Diebstahl. Beide Tatbestände lagen hier nicht vor. Johannes hatte seine Monika weder manipuliert, noch hatte er ihr etwas weggenommen. Die Liebe zu seiner Frau blieb, trotz dieses Seitensprungs, unverändert erhalten und das war doch das Entscheidende. Und er würde sie auch nie verlassen.

Johannes empfand Erleichterung, während er solches dachte und ein Gedanke drängte sich ihm auf. Vielleicht hatte er in diesem biblischen Garten gerade vom *„Baume der Erkenntnis"* gegessen, ohne es zu bemerken. Johannes musste lächeln. Er sah jetzt alles in einem milden Licht, gleich dem Licht, welches die untergehende Sonne in diesem Augenblick auf den Bibelgarten legte.

„Lebensabend" bedeutet auch, dass ein Feuer, welches zu Beginn heftig loderte, im Laufe der Jahre zu einer sanften Glut geworden war. Monika, die dem Thema *„Sexualität"* nie wirklich euphorisch gegenüber gestanden war, hatte sich schon vor Jahren schleichend davon verabschiedet. Ein Grund und wohl auch willkommener Anlass war eine körperliche

Unzulänglichkeit, die sich medizinisch nicht beheben ließ.

Johannes, dessen Sexualität ganz anders tickte, respektierte die Umstände und arrangierte sich damit. Das Angebot, welches Monika ihm gemacht hatte, lehnte er entschieden ab. *„Liebe gegen Bezahlung"*, schon die Bezeichnung empfand er als Absurdum, kam für ihn nicht infrage. Ein Gespräch mit seinem Urologen zeigte ihm einen gangbaren Weg, um die körperliche Schwachstelle des Mannes nicht zu verärgern. Was er schon in der Pubertät praktizierte, erwies sich auch im Alter als probates Mittel.

Es eröffnete sich immer wieder einmal eine Gelegenheit dem anderen Geschlecht Avancen zu machen. Johannes war schließlich ein attraktiver, humorvoller Mann; aber über einen heftigen Flirt ging es nie hinaus. Dazu liebte Johannes seine Monika zu sehr. So war das zumindest bis gestern; bis Melitta ihn wachküsste.

Johannes und Melitta saßen in der Maske und ließen sich schminken. Sie hatten kaum miteinander gesprochen; aber nur weil zu wenig Zeit war. Die Aufregung wuchs von Minute zu Minute. In wenigen Augenblicken würden zwei Menschen, welche seit gestern Nacht nicht mehr dieselben waren, in einem Fernsehstudio sitzen und versuchen, vor einem Millionenpublikum, ungezwungen über ihr Leben zu sprechen. Wie sollte das funktionieren?

*„Guten Abend, meine Damen und Herren! Ich be-
grüße Sie bei meiner wöchentlichen Talksendung und
wünsche Ihnen angenehme Unterhaltung! Ich darf
Ihnen meine heutigen Gäste kurz vorstellen…"*

Mit diesen Worten eröffnete Frauke Herrmanns
die Sendung. Melitta war gleich als zweiter Gast an
der Reihe.

*„Verehrte Fernsehzuschauer, seien Sie bitte nicht
überrascht, wenn ich Frau Westermeier duze; aber
wir kennen uns schon seit unserer gemeinsamen
Schulzeit."*
Ein warmer Applaus begleitete die informelle Ansage
der Moderatorin.

*„Liebe Melitta, ich freue mich, dass du endlich
meine Einladung angenommen hast."*
*„Die Freude liegt ganz bei mir. Und vielen Dank für die
liebe Einladung!"*

Johannes hörte den beiden Freundinnen zu und
begann sich langsam zu entspannen.

*„<Im Feuerschein der Liebe>", so heißt dein neuer
Roman und ist vor kurzem erschienen. Worum geht es
bei dieser Geschichte?"*
*„Es geht um die Liebe, um ihre Freiheit und um Zwän-
ge, die man ihr oft auferlegt."*

*„Heißt das, du plädierst für die freie Liebe? Das
hatten wir doch schon in den 68-ern."*

„Nein, nicht so! Ich meine nicht das Kopulieren auf Karnickelbasis, ich meine das Nichtauferlegen von Zwängen, ich meine den Mut zur Ehrlichkeit in Situationen, welche das abverlangen."

Bei Melittas Wortwahl ging ein Raunen durch das ganze Studio. Frauke Herrmanns, die sicher einiges gewohnt war von ihrer Freundin, war kurz verunsichert, fing sich aber sofort wieder und federte die Situation geschickt ab.

„Ich möchte Herrn Johannes Reuter in das Gespräch einbinden, vorausgesetzt natürlich, du erlaubst es mir."

„Aber gern, meine Liebe."

Johannes fühlte eine leichte Rötung in seinem Gesicht aufsteigen, die jetzt noch verstärkt wurde, als er seinen Namen hörte.

„Herr Reuter, Sie sind nicht nur quasi ein Kollege von Melitta, denn Sie schreiben auch, Sie beide sind auch befreundet."

„Das ist richtig", sagte Johannes. Was anderes hätte er jetzt auch sagen sollen.

„Stimmen Sie mit den Ausführungen von Frau Westermeier überein?"

Warum hatte die Moderatorin Melitta nicht mit ihrem Vornamen genannt? War das eine Art der Distanzierung oder einfach nur Zufall? Was sollte Johannes jetzt auf die Frage antworten?

„Nun, das Thema ist etwas differenziert." Johannes fand seine Antwort sehr gut, sie verschaffte ihm etwas Luft. *„Es kommt doch immer auf den einzelnen Menschen an und ein jeder reagiert anders."* Das war auch gut. Johannes hatte sich warm geredet. *„Ich verstehe, was Frau Westermeier ausdrücken will und ich kann es auch bis zu einem gewissen Grad nachvollziehen."*

„Das ist mir zu schwammig", schaltete sich die Moderatorin ein, *„was bedeutet bis zu einem gewissen Grad?"*

Johannes dachte In diesem Augenblick nicht daran, dass so viele Menschen an den Bildschirmen die Sendung verfolgen würden. Darunter vielleicht auch ehemalige Schüler und Kollegen, Nachbarn, Freunde, Bekannte und ganz sicher die liebe Verwandtschaft. Wäre er sich dessen bewusst gewesen, hätte er diese Worte ganz sicher nicht gesagt:

„Nur wer sich ganz hingibt, liebt auch wirklich! Und dabei sollte der Kopf ausgeschaltet sein und die Gefühle der Lenker der Situation werden! Das wäre dann die reine Wahrheit, fern jeglichen Kalküls!"

Melitta Westermeier begann heftig zu applaudieren und das Studiopublikum schloss sich verhalten an. Johannes war stolz auf sich und es war ihm völlig egal, wie die Sendung weiter verlaufen würde. Zumindest im Augenblick, denn großes Ungemach kam auf ihn zu.

Die Moderatorin hatte zwischen den Zeilen gelesen und setzte zum Frontalangriff an.

„Folgende Situation: Zwei Menschen treffen in einem Hotel aufeinander. Beide sind glücklich verheiratet und sitzen am Abend in der Hotelbar. Man kommt in ein Gespräch, man findet sich sympathisch, es knistert. Irgendwann später die Frage: Zu dir oder zu mir? Wäre das die von Frau Westermeier geschilderte Situation? Wenn ja, wie würden Sie sich verhalten?
Bitte erst Sie, Herr Reuter und dann du, liebe Melitta!"

Warum hatte die Moderatorin beim Namen jetzt wieder zu Melitta gewechselt und nicht Frau Westermeier beibehalten. Gab es da irgendwelche Schatten aus der Vergangenheit? Johannes wurde unsicher. Aber ohne groß nachzudenken bejahte er die Frage von Frauke Herrmanns, ohne weiter darauf einzugehen. Und Melitta tat es ihm gleich.

Johannes und Melitta sahen sich an und so sehr, wie sie in der vergangenen Nacht körperlich vereint waren, so sehr waren sie es jetzt im Geist.

„Ich danke Ihnen beiden für das anregende Gespräch!"

Das Studiopublikum applaudierte höflich und die Moderatorin ging geschwind zum nächsten Gast über.

Johannes, der eigentlich maßlos enttäuscht sein hätte sein sollen, weil über seine Werke kein einziges Wort gefallen war, gab sich eher erleichtert, dass es vorüber war. Er saß mit Melitta die restliche Sendung noch ab, ohne aber sich auch nur ein einziges Mal zu äußern. Und Melitta machte es ebenso.

Der geplanten *„After-Show-Party"* im kleinen Rahmen kehrten die beiden demonstrativ den Rücken. Die noch verbleibende Zeit war ihnen viel zu kostbar, als sie mit *„Smalltalk"* zu verbringen. Sie ließen sich in ihr Hotel zurück fahren und begaben sich direkt in die Hotelbar. In einem Glas *„Single Malt"* zeigte sich eine weitere Gemeinsamkeit, in welcher die beiden verwoben waren. Das Eingeschlossensein in einem Gleichklang von Körper und Geist war ein Zustand, den man nur als zauberhaft bezeichnen konnte.

„Wann geht dein Flieger, morgen?", fragte Melitta. Ihre schwitzenden Körper lagen fest aneinander geschmiegt. Sie hatten sich geliebt und es war für Johannes das gleiche unbeschreibliche Erlebnis wie am Abend zuvor. Er hätte nie gedacht, dass es solche Unterschiede geben kann, wenn Mann und Frau miteinander verschmelzen.

„Um 12:30 Uhr", antwortete Johannes.

„Kannst du nicht später fliegen?"

„Ich weiß nicht, ob ich eine Maschine kriege."

„Willst du es nicht wenigstens versuchen?"

Melittas Stimme war ungewöhnlich sanft, als sie Johannes das fragte. Sie war nicht wie sonst; alles dominierend und bestimmend. Es war fast so, als wäre aus einer Domina ein kleines Mädchen geworden. Johannes bemerkte dies und war seltsam berührt. Melitta vermittelte ihm das Gefühl, als müsse er sie beschützen; aber nicht wissend, vor was oder vor wem. Johannes empfand das ohne jedweden Argwohn, ob das vielleicht alles nur eine Mache von Melitta wäre.

„Ich rufe gleich beim Flughafen an."

„Das ist lieb von dir."

Johannes hatte Glück. Er buchte die Maschine um 19:45 Uhr. So blieben noch kostbare Stunden der Gemeinsamkeit für die Liebenden.

Als er etwas später Monika anrief, hatte er großen Erklärungsbedarf. Er hatte sich vorgenommen nicht weiter zu lügen und vertröstete Monika auf den Abend, wenn er wieder zuhause wäre.

„Die Komplexität der Geschehnisse sei so groß, dass ihr ein Telefonat nicht gerecht werden könne", so die Erklärung von Johannes. Monika zeigte wie

immer Verständnis und wünschte ihrem Gatten einen guten Flug.

„Was wollen wir unternehmen?", fragte Melitta mit der inzwischen wieder zurück gekehrten Selbstsicherheit.

„Schlag du bitte etwas vor! Du kennst dich hier aus; ich nicht."
„Dann hab ich eine Idee. Wir fahren zum Bürgerpark und wir nehmen uns ein Ruderboot. Dann bist du mein Gondoliere."

Als Melitta Johannes verbal zum *„Gondoliere"* machte, war sie wieder das kleine Mädchen von vorhin, als sie ihn um die Umbuchung seines Rückflugs bat.

„Va bene, signora, benissimo!"

Johannes ließ sich auf das Spiel ein. Er hätte in diesem Augenblick gar nicht anders gekonnt. Zu sehr war er in dieser ihn äußerst verwirrenden, aber zugleich auch irgendwie vertrauten Liebe gefangen.

Das Wetter spielte mit. Es war nur mäßig warm; aber warm genug für einen Bootsausflug. Johannes führte das Boot geschickt mit kräftigen Ruderschlägen durch das Wasser und Melitta saß ihm bewundernd und schweigend gegenüber.

Es ist gut und wohl auch sinnvoll, dass es Glück nur in Momenten gibt; quasi nur in kleinen Dosen. Man könnte zu viel auf einmal kaum ertragen und es würde auch an Wert verlieren. Und könnte man Glück konservieren, bestünde die Gefahr, dass es irgendwann Schimmel ansetzen und schlecht werden würde.

Johannes entdeckte ein abgelegenes Plätzchen am Ufer und steuerte darauf zu. Er band das Boot an dem kleinen Steg an und half Melitta beim Aussteigen. Es ging ihm darum das Unvermeidliche zu tun: sie mussten reden.

Melitta spürte, was auf sie beide zukam.

„Du willst wissen, wie es weiter gehen soll", eröffnete sie das Gespräch.
„Ja, meine Geliebte!"
Es war das erste Mal, dass Johannes Melitta so nannte. Melitta ließe es zu.
„Geht es überhaupt weiter?", fragte Melitta mit einem leicht zweifelnden Blick, *„möchtest du das wirklich?"*

Johannes war überrascht. Nachdem, was in den letzten 48 Stunden vorgefallen war, gab es für ihn überhaupt keinen Zweifel. Für ihn war das keine Affäre, für ihn war das der Beginn einer neuen physischen und psychischen Zeitrechnung. Körper und Geist wurden upgedatet und das war ein herrliches Gefühl, das er nicht mehr missen wollte.

„Möchtest du denn nicht, dass es weitergeht?, fragte er ängstlich zurück.
„Mehr als alles andere, Liebster!"

Jetzt hatte sich auch Melitta eines Wortes bedient, das nur zum Vokabular Verliebter gehört.

„Dann ist ja alles gut", sagte Johannes und die schwere Last des Zweifels und der Angst fiel von ihm ab. Er zog Melitta an sich und umarmte sie. Was er nicht sehen konnte, waren die Tränen, die über ihre Wangen rannten.

Johannes beschloss in diesem Moment klare Verhältnisse zu schaffen; zumindest was seinen Part betraf. Und er teilte Melitta seinen Entschluss auch umgehend mit:

„Ich möchte kein schlampiges Verhältnis mit dir haben; das ist niveaulos, das bin nicht ich. Ich werde Monika von uns beiden erzählen. Das hat sie verdient. Und ich habe nicht vor Monika zu verlassen. Ich bin und ich bleibe ihr Ehemann, vorausgesetzt, sie kann unsere Beziehung akzeptieren. Meine Liebe zu Monika ist unverändert, gleichwohl ich eine tiefe Liebe zu dir empfinde. Ich weiß nicht, ob du das so akzeptieren kannst und willst; aber ich würde es mir sehnlichst

wünschen. *Wie du das mit deinem Ehemann machst, das bleibt dir belassen.*

Johannes hatte die Situation aus seiner Sicht in einem aufgeregten Ton wiedergegeben, die schon fast einen amtsartigen Charakter hatte. Melitta war leicht erschrocken. Sie vermisste die gerade eben noch vorhandene Leichtigkeit. Sie blickte Johannes ungläubig an und vermochte nicht gleich zu antworten.

Johannes, dem dies nicht entgangen war, entschuldigte sich für seinen schulmeisterlichen Ton:

„Bitte, entschuldige, mein Liebling! Es ist mit mir durchgegangen. Die Situation hat mich für einen Augenblick überfordert. Ich hoffe, du kannst das verstehen und du verzeihst mir. Ja?"

Melitta sah Johannes in die Augen und erkannte seinen flehentlichen Blick. *„Natürlich war die Situation nicht einfach; für beide nicht. Johannes hat nur wie ein Mann reagiert; mit Ratio eben. Und ich habe darüber bisher noch gar nicht nachgedacht"*, sinnierte sie.

„Das ist schon in Ordnung; ich verstehe dich ja", antwortete Melitta zur großen Erleichterung von Johannes *„und ich finde es gut, wie du die Sache siehst und angehen willst. Wie ich das mache, darüber muss ich erst einmal in Ruhe nachdenken."*

Der Zauber der vergangenen Stunden und die damit verbundene Leichtigkeit waren verflogen. Johannes und Melitta waren wieder im *„Hier"* und *„Jetzt"* angekommen. Der Gondoliere Johannes ruderte zurück. Er tat das sowohl mit dem Ruderboot als auch mit seinem Leben. Pünktlich um 19:45 hob sein Flieger ab, um ihn nach Hause zu bringen. Nachhause zu *„Frau und Kinder"*.

Johannes und Melitta hatten beim Abschied vereinbart einige Tage verstreichen zu lassen, bevor sie sich via Internet wieder kontaktieren wollten.

Der Flieger landete pünktlich auf dem Flughafen *„Salzburg Airport W. A. Mozart"*. Johannes war überrascht, als er Monika sah, die ihn abholte. Sie empfing ihn mit einem Lächeln, was ihn schmerzte. Er fühlte sich plötzlich schlecht und konnte das Gefühl nicht wirklich einordnen.

„Schön, dass du wieder da bist. Hattest du einen guten Flug?"

„Business as usual", dachte Johannes still bei sich und er hatte dem nichts entgegen zu setzen. Er umarmte Monika, gab ihr den obligaten Kuss und fuhr dann mit ihr nach Hause; zurück in sein altes, gewohntes Leben.

Der Auftritt in der Talkshow löste heftige Kontroversen innerhalb der Familie und im Freundeskreis aus. Selbst ehemalige Schüler und Kollegen hielten nicht hinterm Berg. Das ging so weit, dass Johannes seinen E-Mail-Account wechselte, um dem *„Shitstorm"* auszuweichen, der über ihn hereingebrochen war.

Ein Gutes hatte die Sache aber doch. Die bisher veröffentlichten und nur mäßig bis gar nicht verkauften Bücher von Johannes bekamen einen unerwarteten Aufschwung. Die nun geneigte Leserschaft wollte anscheinend herausfinden, ob vielleicht noch weitere abstruse Gedanken in den Werken des Autors zu finden wären.

Johannes hatte sich noch am selben Abend nach seiner Rückkehr mit Monika zusammengesetzt, um ihr die Ereignisse der vergangenen zwei Tage nahe zu bringen. Es war ein sachliches, fast emotionsloses Gespräch, getragen von Respekt und Verständnis. Bevor Johannes seine Beichte ablegen konnte, stellte Monika ihm die wohl alles entscheidende Frage:

„Hast du mit dieser Frau geschlafen?"

Johannes erschrak. Das hätte er von Monika nicht erwartet, dass sie ihm diese Frage so direkt stellt. Das passte überhaupt nicht zu dem Bild, das er bis eben noch von seiner Frau hatte.

„Ja, ich habe mit Melitta geschlafen", antwortete Johannes und sah Monika mit festem Blick an. Er war irgendwie erleichtert, dass Monika mit dieser Frage das Gespräch eröffnet hatte.

„War es ein Ausrutscher und bereust du es? Wirst du sie wieder treffen?

Jetzt war Johannes überrascht. Diese Fragen passten nicht so richtig zu dem vor langer Zeit so großzügig gemachten Angebot der „käuflichen Liebe".

„Nein, es war kein Ausrutscher und ja, ich werde sie wieder treffen!", antwortete Johannes und der Tonfall seiner Antwort war beinahe etwas trotzig. Und bevor er fortfahren konnte, warf Monika ein:

„Liebst du diese Frau?"

Mit dieser Frage war Johannes am „Point of no Return" angelangt. Er hatte sich vorgenommen in dieser Angelegenheit nicht zu lügen und er würde es jetzt auch nicht tun.

„Ja, ich liebe sie; ich liebe sie sehr!"

Monika zuckte leicht zusammen, als sie das hörte. Sie stand auch – nach wie vor – zu ihrem Angebot mit der „käuflichen Liebe", welches sie Johannes einmal gemacht hatte. Nur hatte sie damit nicht gemeint, dass echte Liebe im Spiel sein sollte.
Und genau da setzte Johannes jetzt an.

„Kannst du dich noch erinnern, was du mir vor einiger Zeit…"

Weiter kam Johannes nicht. Monika fiel ihm ins Wort und ihre Stimme war leicht erregt.

„Ich weiß sehr wohl, was ich dir angeboten habe und ich stehe immer noch dazu. Aber von Liebe war da keine Rede."

„Hast du erwartet, dass ich mit einer Frau schlafen könnte, so ganz ohne jegliches Gefühl?, entgegnete Johannes und seine Stimme nahm ebenfalls an Strenge zu. *„Kennst du mich wirklich so schlecht?"*

Monika stand auf, und verließ den Raum und ging ins Schlafzimmer. Als Johannes nach kurzer Zeit ihr nachging, hörte er leises Weinen aus dem Schlafzimmer dringen. Er klopfte leise an die Tür und trat ein. Als Monika das letzte Mal weinte, das war, als Oskar auf die Welt kam, der Sohn ihrer Tochter Verena. Und das war aus Freude.

Johannes ging zu Monika hin und setzte sich neben sie auf das Bett. Er nahm sie behutsam in den Arm und Monika ließ es zu. Dann erwiderte sie seine Umarmung und ihr leises Weinen ging in ein heftiges Schluchzen über.

Es gibt wohl wenige Situationen, in welchen ein Mann der völligen Hilflosigkeit ausgeliefert ist, weil er nicht damit umgehen kann. Dies war eine solche Situation.

„Ich möchte, dass du eines weißt. Bitte, höre mir jetzt genau zu und lass mich ausreden!"

Monika drückte ihre Zustimmung mit einem leichten Nicken ihres Kopfes aus.

„An meiner Liebe zu dir hat sich dadurch nichts verändert; nicht einmal ein bisschen! Du bist und bleibst meine geliebte Frau und ich möchte nichts anderes als mit dir alt zu werden. Glaubst du mir das?"

Monika reagierte nicht auf das Gesagte. Johannes nahm ihren Kopf und drehte ihn in seine Blickrichtung. Dann fragte er sie noch einmal:

„Glaubst du mir das?"

Monika erwiderte den Blick ihres Mannes und sie dachte daran, dass sie von Johannes in all den Jahren, die sie schon beisammen waren, noch nie belogen worden war. Und so beschloss sie ihm zu glauben.

„Ja, ich glaube dir das!"

Johannes war sichtlich erleichtert. Monikas „Ja" ermunterte ihn einen Schritt weiter zu gehen.

„Ich weiß nicht, wie sich das mit Melitta weiter entwickeln wird, aber ich weiß eines ganz genau, dass es keinen Keil zwischen uns treiben wird. Melitta ist keine Frau, die einer anderen Frau den Mann weg *nimmt, einfach so aus Jux und Tollerei. Wir sind Seelenverwandte und das verbindet uns."*

Monika hatte Johannes zugehört und für ihn war kein Widerspruch ihrerseits erkennbar. Und so fuhr er fort:

„Ich würde mir sehr wünschen, dass ihr euch kennenlernt. Nicht jetzt und heute; aber irgendwann einmal, wenn du dazu bereit bist. Vielleicht könntet ihr ja Freundinnen werden."

Was jetzt geschah, löste in Johannes eine unbeschreiblich große Verwunderung aus. Monika hatte aufgehört zu weinen und an Stelle der Tränen war ein kleines Lächeln getreten.

Johannes küsste Monika zuerst auf beide Augen und dann auf den Mund.

„Du bist wunderbar, mein Schatz! Ich liebe dich und ich danke dir!"

Monika sog die Geste, ebenso wie die Worte in sich auf; denn beides hatte sie schon lange nicht mehr erlebt. *„Vielleicht ist diese Frau ja ein Gewinn für unsere Beziehung"*, sagte ihre innere Stimme und Monika war nur allzu gern bereit das auch zu glauben.

Wochen waren vergangen, als von Melitta eine Email kam.

„Hallo, mein Liebster!
Ich bin mir nicht sicher, ob ich dich noch so nennen darf oder ob du unseren Kontakt überhaupt noch willst. Bitte, melde dich kurz und gib mir Bescheid!
Aus meiner Sicht immer noch
deine Melitta."

Johannes las die Mail mehrere Male durch. Ein angenehm warmes Gefühl umfasste sein Herz und er wünschte sich Melitta wäre hier. Er schickte ihr umgehend seine Antwort.

„Geliebte,
wie kannst du zweifeln, ob ich weiterhin mit dir in Verbindung bleiben will; nichts möchte ich mehr!
Wie geht es dir? Hast du mit deinem Mann über uns gesprochen?
Bitte, verzeih, dass ich das frage; aber es wäre mir wichtig zu wissen.
Ich habe mit Monika über alles geredet. Wir sind auf einem guten Weg, was dich und mich betrifft. Ich denke, dass wir einen „Modus Vivendi" finden werden, der allen Beteiligten gerecht wird.
Ich hoffe bald wieder von dir zu lesen, ich umarme dich und bin in Gedanken bei dir!
Jetzt und immer
dein Liebster"

Am Abend erzählte Johannes seiner Frau, dass Melitta geschrieben habe. Ihm war wichtig Monika einzubinden, denn er war sicher, dass dieses noch junge und wacklige Konstrukt nur Bestand haben könnte, wenn alle Beteiligten mitspielen würden. Und am wichtigsten wäre eine äußerst behutsame Vorgangsweise.

Die Reaktion von Monika bestärkte Johannes in seiner Ansicht. Sie trug ihm sogar auf, beim nächsten Mailverkehr Grüße auszurichten. Und Johannes glaubte fest daran, dass Monika das auch so meinte; ohne jede Falschheit.

Die Kinder waren ja alle aus dem Haus und so sahen Monika und Johannes keine Veranlassung über das Arrangement, das ihre Eltern geschlossen hatten, mit ihnen zu reden.

Verena und Birgit, die beiden Mädchen, hätten wohl eher kein Verständnis dafür gehabt, obwohl beide echte *„Papakinder"* waren. Und Michi, der Praktizierer *„häufig wechselnden Geschlechtsverkehrs"* wäre kein wirklich guter Gesprächspartner für die Eltern gewesen. Monika wünschte sich noch immer eine gewisse Beständigkeit in Michis Beziehungen zum anderen Geschlecht, kämpfte aber bei ihrem Sohn auf verlorenem Posten.

„Mein Liebster,
wie sehr habe ich mich über deine Zeilen gefreut.
Mir geht es gut; aber meinem Mann leider nicht so sehr.

Der Arzt hat bei ihm beginnenden <Alzheimer> diagnostiziert. Das hat uns sehr getroffen. Erinnerst du dich, dass ich bei unserem TV-Event am Nachmittag nach Hause gefahren bin, obwohl ich lieber bei dir geblieben wäre? Ich habe dir damals den Grund nicht genannt; aber jetzt kennst du ihn.

Die Krankheit ist zwar noch im Anfangsstadium, aber die Sorge ist schon voll entwickelt. Es mag jetzt unverständlich anmuten, wenn ich dir schreibe, dass ich meinen Mann liebe, und doch ist es so.
Und ich liebe dich, wie du weißt.

Das eine hat mit dem anderen jedoch nichts zu tun. Das ist für einen Außenstehenden nur schwer zu verstehen. Das können nur du und ich, weil unsere Seelen im Gleichklang schwingen.

Die Zukunft wird für uns alle nicht leicht werden; aber wir werden einen Weg finden.

Ich würde deiner Frau gerne ein Kompliment machen und ihr sagen, wie sehr ich sie schätze und bewundere. Und auch, dass ich nicht ihre Feindin bin und dass ich ihr nichts Böses will. Ich überlasse es dir, mein Liebster, ob du ihr das sagen möchtest oder nicht.
Ich umarme dich in inniger Zärtlichkeit und küsse dich deine Geliebte"

Als Johannes diese Mail gelesen hatte, wurden Erinnerungen an die zwei Tage in Bremen wach, die so mit Liebe und Verlangen angefüllt waren. Und die

Bilder, welche vor seinem geistigen Auge aufkamen, erweckten eine tiefe Sehnsucht nach Melitta in ihm.

Johannes hatte sich schon vor einiger Zeit Gedanken darüber gemacht, wie, wann und wo er Melitta wiedersehen könnte. Und auch darüber, wie Monika damit umgehen würde.

Die Nachricht über die Krankheit von Melittas Ehemann warf jetzt ein vollkommen neues Licht auf ihre Beziehung und neue Fragen taten sich auf.

Johannes erzählte Monika von Melittas Mail und von der Krankheit ihres Mannes. Und dann fragt er zaghaft, ob Monika wissen wolle, was Melitta ihm aufgetragen hatte ihr mitzuteilen.

„Ja bitte; aber nur, wenn du es möchtest und wenn du es für sinnvoll erachtest!"

Johannes musste nicht lange nachdenken. Es passierte gerade eben das, was er sich erhofft hatte: einen zwanglosen, offenen, auf Vertrauen basierenden Umgang mit der Konstellation dreier Menschen zu pflegen. Wilfried, Melittas Ehemann war ja bislang noch die Unbekannte in diesem Arrangement. Und ob Melitta ihrem Mann schon die Vorkommnisse der beiden *„Bremen-Tage"* erzählt hatte, wusste Johannes auch nicht.

Und dann verlas Johannes den Passus aus Melittas Mail, der Monika betraf. Monika hörte aufmerksam zu.

„*Das ist schön und sehr lieb von deiner Melitta*", bemerkte sie und sie tat das mit einem Lächeln. Es war ein eher wohlwollendes Lächeln und die Bezeichnung „*...von deiner Melitta*" empfand Johannes keinesfalls als zynisch.

Johannes war hoch erfreut, ja sogar glücklich über Monikas Kommentar.

„*Ich danke dir, mein Schatz! Du bist wunderbar, du bist unglaublich. Dafür liebe ich dich!*"

Johannes ertappte sich, dass er glaubte, Monika könnte den letzten Teil seines Komplimentes eventuell missverstanden haben; schämte sich aber zugleich für diesen Gedanken. Das passte nicht. „*Man kann nicht Vertrauen einfordern, wenn man dem anderen misstraut!*", rief er sich sofort zur Ordnung.

Ostern stand vor der Tür. Die letzen Wochen waren erfüllt von liebevollen Mails, die wie die Tauben zwischen Bremen und Salzburg hin und her flogen. Und immer „*ein Brieflein im Schnabel...*"

„*Was hältst du davon, wenn wir Melitta und Wilfried zu Ostern zu uns einladen?*"

Johannes glaubte seinen Ohren nicht zu trauen, als er Monika das hören sagte.

„Ist das dein Ernst?", fragte er ungläubig.

„Ja! Oder findest du das zu aufdringlich?"

„Nein!", stotterte Johannes, „es kommt nur etwas plötzlich."

„Ja dann lass uns das doch machen!"

„Das geht aber nicht."

„Wieso nicht?"

„Weil die Kinder kommen."

„Die Kinder kommen in diesem Jahr nicht."

„Wie bitte?", fragte Johannes völlig überrascht. „Die kommen doch jedes Jahr zu Ostern."

„Nicht in diesem Jahr!", antwortete Monika. „Verena ist mit Harald und Oskar bei den Schwiegereltern und Birgit fliegt mit ihrem Freund in Urlaub. Und Michi mag keine Familienfeste, wie du ja weißt!
Und da habe ich mir gedacht, es wäre doch schön, wenn wir uns alle endlich einmal persönlich kennen lernen würden."

Johannes musste sich setzen. So viele Neuigkeiten und von solchem Gehalt musste er erst einmal verdauen. Natürlich wäre es schön Melitta wieder zu sehen. Das wäre ein ganz besonderes Ostergeschenk. Aber würde das auch funktionieren?

„Was meinst du?", setzte Monika nach.

„Das ist ein wunderbarer Gedanke, mein Schatz und ich danke dir sehr dafür. Aber Ostern und ein freies Zimmer in Salzburg; das kannst du vergessen!"

„Das ist doch überhaupt kein Problem. Wir haben schließlich Platz genug und da die Kinder nicht kommen...“

„Du willst sie bei uns einquartieren?“, fuhr Johannes schon beinahe hysterisch dazwischen. „Ist das dein Ernst?“

„Ja natürlich! Wieso? Ist das ein Problem für dich?“

Jetzt verstand Johannes die Welt nicht mehr. Seine Monika fragte ihn, ob das ein Problem für ihn wäre. Ihm wurde schwindelig. Johannes war sich darüber bewusst, wie großzügig Monika war und wie sehr sie ihn liebte. Aber dass sie ihn so sehr liebte; das war schon beinahe übermenschlich...

Als Johannes noch am selben Tag Melitta von Monikas Einladung mailte, ging er fest davon aus, dass Melitta dem Vorschlag nicht zustimmen würde. Aber da hatte er sich gewaltig getäuscht.

„Das ist eine bezaubernde Idee!“, schrieb sie sofort zurück. „Ich muss noch mit Wilfried darüber reden; aber ich bin sicher, das wird ihm gefallen. Und bitte danke Monika ganz herzlich und grüße sie von mir.
Ich werde mich spätestens morgen früh wieder bei dir melden.
Schlaf gut, mein Liebster!

Jetzt fuhren Johannes` Gedanken Achterbahn. Zuerst der völlig überraschende Vorschlag von Monika und dann noch die begeisterte Zustimmung von Melitta. Das musste er erst einmal verdauen.

„Guten Morgen, mein Liebster!"

Mit diesen Worten in Melittas E-Mail startete Johannes in den nächsten Tag.

„Ich habe mit Wilfried gesprochen und er ist einverstanden. Er freut sich auch schon dich und deine liebe Ehefrau kennen zu lernen. Und wie sehr ich mich auf unser Wiedersehen freue, das kann ich gar nicht in Worte fassen.
Jetzt kann ich es dir ja sagen. Ich war sehr oft traurig, wenn ich an den Menschen denken musste, der so weit weg von mir war und von dem ich nicht wusste, ob er mich noch liebt. Aber jetzt wird alles gut, mein Liebster. Ich fühle es ganz deutlich.
Sei herzlich umarmt und geküsst von
deiner Geliebten.

PS: Ganz liebe Grüße an Monika von uns beiden und maile mir bitte noch eure genaue Adresse."

Johannes freute sich sehr über Melittas Mail. Was ihn jedoch unter den Nägeln brannte war die Frage, ob und wenn ja, was sie ihrem Mann von den zwei „Bremen-Tagen" erzählt hatte. Melitta hatte bisher zu dieser Frage keinerlei Angaben gemacht. Er beschloss der Sache auf den Grund zu gehen und mailte Melitta umgehend zurück.

„Geliebte,
es tut mir leid, dass ich dich so lange in Ungewissheit gelassen habe; aber ich musste erst selbst einmal Klarheit für mich schaffen. Ich hoffe, du verstehst das und bist mir nicht böse.

Dass euer Besuch zu Ostern klappen wird, ist eine große Freude. Und das Wissen darum, dich bald wieder in die Arme nehmen zu können, macht mich sehr glücklich.

Eine Sache beschäftigt mich jedoch noch sehr: Was weiß dein Mann von uns beiden? Ich muss es wissen, denn ich mochte mich ihm gegenüber korrekt verhalten. Ich meine damit ungezwungen und aufrichtig. Kannst du das verstehen?

Dass er unserer Liebe ähnlich tolerant wie Monika gegenüber steht, kann ich mir nicht vorstellen. Das wäre ein weiteres Wunder. Und so viele Wunder auf einem Haufen; das wäre der helle Wahnsinn.

Bitte antworte mir bald auf meine Frage und erlöse mich von dieser Ungewissheit!
Dein Liebster"

Die Antwort von Melitta kam postwendend.

„Mein Liebster!
Entschuldige bitte, aber ich war der Meinung, ich hätte dir das schon mitgeteilt. Es tut mir wirklich sehr leid, dass ich dich in dieser Ungewissheit gelassen habe. Wilfried weiß von unseren <Bremen-Tagen>, wie du sie liebevoll nennst. Ich habe sie ihm ein paar Tage später gebeichtet. Seine erste Reaktion war die Angst, ich wolle ihn verlassen. Diese Angst konnte ich ihm aber sehr schnell nehmen.

Ich habe ihm erklärt, was in Bremen geschehen ist, wie es dazu kam und was es für mich, gleichermaßen wohl auch für dich, bedeutet. Dass es eben nicht nur eine flüchtige Affäre ist, ein Abenteuer, ein Strohfeuer; sondern dass es tiefer geht; viel, viel tiefer. Und dass es nicht darauf angelegt ist mit den Menschen zu brechen, denen man vor einiger Zeit ein Versprechen gegeben hat.

Wilfried hat mir zugehört und er hat mich verstanden. Dass seine Krankheit und die Aussicht auf das, was diese Krankheit mit sich bringen wird, zu seinem Verständnis beigetragen haben können, lässt sich sicher nicht ganz ausschließen.

Mir war jedoch vor allem wichtig, dass ich ihm das Gefühl vermitteln konnte, ihn nicht zu verlassen und auch weiterhin an seiner Seite zu bleiben. Wohl so ähnlich, wie das auch bei Monika und dir zutrifft.

So, mein Liebster, ich denke, ich höre gerade einen großen Stein von deiner Seele plumpsen, oder?

Ich liebe dich so sehr!
Deine Geliebte"

Er plumpste tatsächlich, der große Stein von Johannes' Seele. Er glaubte zu träumen. Wie war das möglich, dass zwei Wunder geschahen für zwei Menschen, die einer unmöglichen Situation gegenüber standen ohne realistische Aussicht auf eine befriedigende Lösung für alle Beteiligten. Und doch war es so. Ist das Schicksal? Ist das eine höhere Fügung? Johannes wusste keine Antwort. Er wusste nur, dass er und Melitta einer Zukunft entgegen marschierten, die noch kein erkennbares Gesicht hatte, aber froh gelaunt vor sich hin lächelte.

Ostern brachte schönes und warmes Frühlingswetter mit sich. Und so hatten Johannes und Monika die Möglichkeit ihren Gästen aus dem Norden Deutschlands Salzburg und das Salzkammergut zu zeigen.

Der Empfang der Gäste war betont herzlich und überraschend ungezwungen. Monika umarmte Melitta, wie das zwei alte Freundinnen tun, und Johannes gab Melitta einen Kuss auf beide Wangen. Die beiden Männer gaben sich die Hand und schauten sich mit festem Blick an, wobei keinerlei Feindseligkeit erkennbar wurde. Dann gab es erst einmal ein Glas Sekt zur Begrüßung.

„Ich habe uns für den Abend einen Tisch in einem sehr guten Restaurant, ganz in unserer Nähe, reservieren lassen. Ich hoffe, Sie sind damit einverstanden", sagte Johannes zu Melitta und Wilfried gewandt.

„Wollen wir das <Sie> nicht weglassen?", warf Wilfried ein, „ich denke, wir sind alle etwa im gleichen Alter und einen Schluck Sekt haben wir auch noch."

„Das ist eine prima Idee", sagte Monika und zu Johannes gewandt: „Schenkst du bitte nach, mein Schatz?"

„Aber gern", kam die Antwort von Johannes und er war wieder einmal total überrascht, wie sich die Dinge entwickelten.

Johannes hatte die Krankheit gegoogelt, als er von Melitta davon erfahren hatte und gelesen, dass Alzheimer-Patienten schon im Anfangsstadium gelegentlichen Aggressionen ausgesetzt sein können. Was er jetzt aber durch Wilfried erlebte war fernab von jeglicher Aggression. Waren das vielleicht die Medikamente, die Wilfried nehmen musste oder war er ganz einfach nur ein freundlicher und umgänglicher Zeitgenosse.
Und Monika hatte ihn, im Beisein von Melitta „mein Schatz" genannt. War das Kalkül oder vielleicht auch nur ganz natürlich. Zugegeben, diese Wortwahl traf Monika seit seiner Rückkunft aus Bremen immer

wieder einmal. Aber in dieser Situation war es für Johannes etwas verwirrend.

„Ich würde mich vor dem Abendessen gerne noch etwas niederlegen wollen, wenn das nicht zu unhöflich ist", sagte Wilfried.

„Aber selbstverständlich, lieber Wilfried", antwortete Monika, *„ich zeige dir und Melitta noch schnell euer Zimmer und das Bad."*

Wilfried bedankte sich und Monika begleitete ihn in den ersten Stock hinauf. Als Melitta kurz darauf wieder herunter kam, erklärte sie Johannes und Monika, dass Wilfried sehr schnell ermüden würde und immer wieder eine kurze Auszeit nehmen müsste.

„Das ist schon in Ordnung", sagte Monika und weiter:
„Ich habe euch beiden etwas zu sagen. Ich weiß zwar nicht, wie eure Pläne zwecks Zusammenseins aussehen, aber ich habe für euch das Gästezimmer hergerichtet, über das ihr verfügen könnt. Ich möchte euch nur bitten diskret vorzugehen, dass kein anderer gezwungen wird akustisch daran teilzunehmen."

„Aber Monika, das geht doch nicht", wollte Melitta einwenden, doch Monika schnitt ihr das Wort ab:

„Das geht sehr wohl und es sei euch von Herzen vergönnt. Handtücher und Bademäntel habe ich in das Gästebad gelegt."

Melitta konnte nichts dagegen tun, als ihr die Tränen ins Gesicht stiegen.

„Warum machst du das alles?", fragte sie Monika mit tränenerstickter Stimme. *„Weil ich meinen Mann liebe und weil ich dich mag. Du kannst Johannes das geben, wozu ich nicht mehr imstande bin, und auf das er seit einigen Jahren, aus Liebe zu mir, freiwillig verzichtet."*

Johannes saß die ganze Zeit über regungslos in seinem Sessel und hörte nur zu. Er hätte es nicht für möglich gehalten, dass Monika dem mehr als großzügigen Geschenk, welches sie ihm gemacht hatte, noch ein weiteres, viel größeres hinzufügen könnte. Sie ermöglichte Melitta und ihm ein intimes Zusammensein in den eigenen vier Wänden. Wie sehr musste Monika ihn lieben. Das alles beschämte ihn so sehr, dass er nicht einmal fähig war, Monika dafür zu danken.

Das Abendessen verlief in völliger Harmonie und alle waren hoch zufrieden mit Speis und Trank. Zuhause angekommen offerierte Johannes den Gästen und Monika noch einen guten Cognac zwecks der Verdauung.

„Ich für meinen Teil muss passen", sagte Wilfried, *„der Abend war wunderschön und ich danke euch sehr. Aber das alles, vor allem die weite Fahrt, waren doch etwas anstrengend für mich. Und für den morgigen Ausflug möchte ich gut ausgeruht sein. Ich darf*

mich daher zurückziehen und wünsche allen eine gute Nacht!"

„Warte, ich komme mit dir!", sagte Melitta.

„Aber nein, bleib ruhig hier; es ist ja noch nicht spät."

Als Wilfried gegangen war, stand Monika auf, ging zu Johannes und gab ihm einen Kuss.
„Ich lege mich auch nieder!"

Und bevor Melitta schauen konnte, wurde auch sie von Monika auf die Wangen geküsst.
„Ich wünsche euch eine gute Nacht und schlaft wohl!"
Dann stieg sie hinauf in den ersten Stock.

Sie ließ zwei Menschen zurück, die sich äußerst verdutzt anschauten und nicht so recht begreifen konnten, was gerade geschehn war.

„Einen Cognac könnte ich jetzt gut vertragen", sagte Melitta, die sich wieder gefangen hatte. *„Sogar einen doppelten!"*

Johannes ließ Melitta den Vortritt und sie ging als erste ins Badezimmer. Sie zog sich aus und schlüpfte in den Bademantel, den ihr Monika hergerichtet hatte.

Johannes sah die kleine Vase mit der Rose auf dem Nachttisch stehen und das Schälchen mit der Schokolade und den Pralinen. Ihm wurde immer mulmiger zumute. Was war nur in Monika gefahren. *„Kann ein Mensch einen anderen so sehr lieben, dass er sein eigenes Ich ganz in den Dienst des anderen stellt?"* Es sah eindeutig so aus. Und Johannes war sich sicher, dass solches zu tun nur eine Frau imstande sein könnte. Und sehr wahrscheinlich nur eine einzige: Monika.

„Das Bad ist jetzt frei, mein Liebster!"

Mit diesen Worten schickte Melitta Johannes in das Badezimmer. Als er wieder zurück kam, hatte er ein *„Déjà-vu"*. Melitta lag, wie damals in Bremen in der gleichen Stellung auf dem Bett und die Nacht wiederholte sich, nur mit dem einen Unterschied, dass anstatt in *„fortissimo"* dieses Mal in *„piano"* geliebt wurde.

Die Wangen von Melitta und Johannes schienen noch immer leicht rosig, als sich die Vier am nächsten Morgen am Frühstückstisch gegenüber saßen. Das Frühstück verlief völlig zwanglos und ganz normal. Keine verstohlenen Blicke, keinerlei verbale Anspielungen, einfach nur voll Freude und Harmonie.

„Wir fahren heute zum Wolfgangsee!", verlautbarte Johannes.
„Und gehen wir da ins Weiße Rössl?", fragte Wilfried.
„Wenn ihr das möchtet; kein Problem!", antwortet Johannes.
„Ist das weit zu fahren?", fragte Melitta.

„Aber nein, das ist ein Katzensprung; etwa 50 Kilometer", sagte Johannes.

In St. Wolfgang steuerten sie als erstes das *„Weiße Rössl"* an, das touristische Highlight. Sie hatten Mühe überhaupt einen Tisch zu bekommen. Nach dem Essen bestiegen sie den alten, ehrwürdigen Raddampfer *„Kaiser Franz Josef"* und fuhren nach St. Gilgen. Und von dort ging es dann mit der Seilbahn hinauf aufs *„Zwölferhorn"*.

Obwohl sehr viele Menschen unterwegs waren, konnten sie den Ausflug dennoch genießen. Und aus den vier Gesichtern, welche das Schicksal auf so sonderbare Weise zusammen geführt hatte, strahlten eine Zufriedenheit und ein innerer Friede, dass es schon wieder unheimlich war.

Am Abend wiederholte sich die Geschichte vom Tag zuvor. Was Wilfried betraf, so war sein zeitiges Zubettgehen nachvollziehbar; aber als Monika auch die Segel streichen wollte, opponierte Melitta:

„Bitte, geh nicht, Monika! Ich würde mich sehr freuen, wenn du den heutigen Abend mit uns verbringen würdest."

Monika schaute überrascht, lächelte und setzte sich nieder.

„Aber dann will ich einen ganz besonderen Tropfen trinken!", sagte sie. „Was können Sie uns anbieten, Herr Kellermeister?"

„Da muss ich erst einmal nachsehen; aber ich denke, da wird sich schon etwas Feines finden lassen!"

„Das will ich hoffen, mein Herr!", sagte Monika mit einem Augenzwinkern.

Als Johannes in den Keller ging, um den Wein zu holen, setze sich Monika neben Melitta, legte ihren Arm um sie und sagte:
„Ich bin sehr froh, wie sich alles entwickelt. Mir fällt eine große Last von den Schultern. In all den Jahren, in denen ich Johannes nicht die Ehefrau sein konnte, die ich wollte, habe ich mehr gelitten, als Johannes das weiß. Bitte, sage ihm das auch nicht, liebste Freundin!"

„Das mache ich ganz bestimmt nicht, liebe Monika! Und danke, für all das, was du uns beiden schenkst! Es ist ein edles und kostbares Geschenk und ich werde sorgsam damit umgehen!"

„Das weiß ich!"

„Was habt ihr denn da zu tuscheln?", unterbrach sie Johannes.

„Frauenthemen; nichts für deine Ohren!"

Johannes war aus dem Keller zurück gekehrt und hielt stolz eine Flasche Wein in die Höhe.

„Ich habe hier einen <Paris Lodron Zwinger>. Das ist ein besonderer Tropfen für einen besonderen Anlass und für ganz besondere Gäste. Handverlesen und gekeltert aus den Weinreben <Frühroter Veltliner> von den sanften Hügeln des <Mönchsberges>".

„Dann steht einem schönen Abend ja nichts mehr im Wege!", sagte Monika mit einem breiten Grinsen und Melitta unterstrich diesen Satz mit einem Grinsen, welches dem von Monika durchaus ebenbürtig war.

„Liebe Monika, ich weiß, ich habe es dir schon gesagt, aber ich möchte es dir noch einmal sagen, wie sehr mich deine Großmut und die Liebe zu deinem Mann beeindrucken, und ich möchte dir jetzt noch einmal von Herzen Danke sagen, dass ich daran teilhaben darf!"

„Das ist schon in Ordnung, meine Liebe. Es ist alles gut so, wie es ist."

„Lasst uns darauf anstoßen!", sagte Johannes und zu Monika gewandt: „auf dich, mein Schatz!"

„Auf dich, du liebe Freundin und nochmals danke!", hängte sich Melitta an.

Etwas später wandte sich Monika mit einer Frage an Melitta, die schon länger in ihrem Kopf herum spukte.

„Ich möchte dich etwas fragen und ich hoffe, ich bin nicht zu indiskret."

„*Frage nur, liebe Monika! Ich denke, zwischen uns kann es wohl kaum etwas Indiskretes geben. Meinst du nicht auch?*", antwortete Melitta mit einem Lächeln.

„*Du hast recht! Mich würde Interessieren, warum Wilfried so bereitwillig in dieses Arrangement eingestiegen ist. Bitte, entschuldige diesen holprigen Ausdruck; aber mir ist auf die Schnelle kein passenderes Wort eingefallen.*"

„*Der Ausdruck ist durchaus zutreffend; aber was deine Frage betrifft, so weiß ich keine Antwort darauf. Ich war selbst total überrascht, als Wilfried seine Bereitwilligkeit bekundet hat bei unserem Arrangement mitzumachen.*"

Die Antwort auf diese Frage sollte Monika am nächsten Tag erhalten.

„*Alles fit für unseren Ausflug in die Hauptstadt?*", fragte ein gut gelaunter und unternehmungslustiger Johannes.

„*Auf mich müsst ihr verzichten*", sagte Wilfried, „ *der gestrige Ausflug steckt mir noch in den Knochen und ich bleibe lieber zuhause.*"

„*Dann verschieben wir den Ausflug auf morgen*", bot Johannes an.

„Aber nein", antwortete Wilfried, *das wäre mir auch morgen zu anstrengend. Fahrt ihr nur, ich komme schon allein zurecht."*

„Spielst du Schach?", fragte Monika.

„Ja, warum?", antwortete Wilfried.

„Dann fordere ich dich hiermit heraus! Wir beide machen es uns heute so richtig gemütlich. Ich habe da eine Idee."

„Das brauchst du nicht, liebe Monika, das ist wirklich nicht nötig!"

„Und ob das nötig ist", antwortete Monika. „Glaubst du wirklich, ich lasse einen Wildfremden mit unserem ganzen Familiensilber allein in unserem Haus?"

Dieses Argument löste eine große Heiterkeit unter den vier Freunden aus und damit war eine Lösung gefunden, die allen Beteiligten sinnvoll erschien. Besonders erfreulich erschien es natürlich Johannes und Melitta. Sie hätten einen ganzen Tag für sich und ihre Liebe.

Vor ihnen lag eine Autofahrt von ca. 300 Kilometern. Nach drei Stunden Fahrt kamen sie in Hütteldorf an, wo sie das Auto abstellten. Weiter ging es mit der U-Bahn bis zum Stephansplatz.

Johannes führte Melitta auf eine Jause (Kaffee und Kuchen) ins *„Café Landmann"*, das in unmittelbarer Nähe des *„Wiener Rathauses"* und des *„Burgtheaters"* liegt. Dort machte er sie mit einem *„Einspänner"* und einer *„Esterhazytorte"* bekannt. Ersteres ist eine von vielen österreichischen Kaffeespezialitäten und das zweite ist eine ungarische Cremetorte, die aus reinem *„Hüftgold"* besteht.

Melitta schloss mit beiden sofort Freundschaft.

Nach *„Heldenplatz"* und *„Burggarten"* und nach dem Besuch der *„Stephanskirche"*, traten bei den beiden erste Ermüdungserscheinungen auf.

Johannes war verwirrt, als Melitta ihn plötzlich zielstrebig zur Eingangstür des *„Hotels Astoria"* führte.

„Was hast du vor?", fragte er ganz erstaunt.

„Das wirst du gleich sehen!", antwortete Melitta und Johannes folgte ihr widerspruchslos.
„Guten Tag!", sprach Melitta den jungen Mann am Empfang an, *„ich hätte eine Bitte!"*

„Was kann ich für Sie tun, gnädige Frau?", antwortete der junge Mann höflich und vorschriftsmäßig.

„Mein Mann leidet unter <Morbus Molière>, eine Krankheit, welche manchmal zu einer schnellen Erschöpfung führt. Wir sind Touristen Ihrer schönen

Stadt und mein Mann ist gerade sehr erschöpft. Er müsste sich für eine, zwei Stunden hinlegen können, um schnell wieder zu regenerieren. Das heißt, ich möchte Sie um ein Zimmer für ein paar Stunden bitten. Wir zahlen natürlich den vollen Preis."

„Selbstverständlich, gnädige Frau, das ist überhaupt kein Problem. Möchten Sie, dass ich um einen Arzt schicke?"

„Das ist sehr freundlich von Ihnen; aber nicht notwendig. Ein paar Kanapees für den Blutzucker und eine Flasche Champagner für den Kreislauf würden vollauf genügen."

„Ich werde das sofort in die Wege leiten. Hier ist Ihr Zimmerschlüssel!"

„Sie sind sehr freundlich, junger Mann!, sagte Melitta und drückte ihm einen Geldschein in die Hand, welchen der hilfsbereite Mensch, nach kurzem, vorschriftsmäßigem Zögern, annahm und mit einem dankbaren Lächeln quittierte.

Melitta führte den erschöpften Gatten zum Lift und fuhr mit ihm hinauf in das „Chambre d'amour".

„Du bist total verrückt!", sagte Johannes, als sie das Zimmer betreten hatten und umarmte Melitta, dass ihr beinahe die Luft wegblieb.

„Wie bist du denn auf <Morbus Molière > gekommen, wollte er wissen und Melitta antwortete: „Molière – der eingebildete Kranke?"

Es klopfte. Der Etagenkellner brachte die bestellten Köstlichkeiten.

„Ich gehe duschen, sagte Melitta, kommst du mit?"

„Avec plaisir, mon amour; das wird uns gut tun!"

Als Johannes und Melitta gemeinsam unter der Dusche standen, explodierten ihre Körper. Sie liebkosten sich in wilder Leidenschaft. Ohne sich abzutrocknen fielen sie auf das Bett und dann erklang ihre Liebe in einem „fortissimo", wie das am Abend zuvor nicht möglich war.

Die Kanapees und der Champagner waren wohlverdient und mundeten köstlich. Als sie eine Weile später den Zimmerschlüssel bei dem jungen Mann am Empfang zurück gaben und ihre Rechnung beglichen, zeigte dieser sich im hohen Maße erstaunt.

„Geht es Ihrem Gatten noch nicht besser?", fragte er besorgt in Anspielung auf das noch immer gerötete Gesicht des <Morbus Molière> - Erkrankten.

„Doch, doch!", beruhigte Melitta den Menschen beim Empfang, „es geht ihm jetzt richtig gut!" Und das war noch nicht einmal gelogen.

„Und meiner fürsorglichen Gattin geht es auch sehr gut!", konnte sich Johannes beim Hinausgehen nicht verkneifen. Und dann lachten beide, wie zwei Kinder, die gerade einem Streich davon liefen.

„Wir beide fahren jetzt zu den <Stierwaschern>!", sagte Monika zu Wilfried.

„Was ist das denn?", fragte Wilfried ganz erstaunt.

„So nennt man spaßeshalber die Salzburger. Salzburg wird dir gefallen und das wird auch bestimmt nicht zu anstrengend für dich werden."

„Warum nennt man die Salzburger so?", wollte Wilfried wissen und Melitta erzählte ihm von der Sage aus früheren Jahrhunderten.

„Als Salzburg von einem feindlichen Heer belagert wurde und die Lebensmittel schon knapp waren, hatte der Stadthauptmann eine Idee. Er ließ den letzten Stier, den sie hatten, auf die Stadtmauer treiben, um dem Feind zu signalisieren, dass es um die Ernährung der Salzburger wohl bestellt sei. Am nächsten Tag wurde das Tier wieder zur Schau gestellt, jedoch in einer anderen Farbe. In der Nacht hatten sie den braun gefleckten Stier weiß angestrichen. Und am nächsten Tag war derselbe Stier dann plötzlich schwarz. Die Feinde rissen die Augen auf und waren davon überzeugt, dass der ursprüngliche Plan, die

Stadt auszuhungern, nicht funktionieren würde. Ent-
täuscht zogen sie bei Nacht und Nebel wieder ab. "

„Das ist eine schöne und lustige Geschichte", sagte
Wilfried.

„Ja!", sagte Monika, *„wie die Stadt und die Bevöl-*
kerung auch. " Das musste sie sagen, war sie doch ein
Kind dieser Stadt. Sie war erst nach ihrer Heirat mit
Johannes hinaus aufs Land gezogen.

Nach einem Spaziergang durch den *„Mirabellgar-*
ten" fuhr Monika mit Wilfried mit der *„Festungs-*
bahn" hinauf auf den *„Hohensalzberg".*

„Von hier oben hat man einen herrlichen Blick auf die
Stadt!", sagte Wilfried, *Salzburg ist wirklich wunder-*
schön!"

„Schau, dort unten siehst du den Dom und den
Domplatz, wo der <Jedermann> aufgeführt wird. Und
ein Stück weiter links ist das <Tomaselli>, das älteste
noch betriebene Kaffeehaus in Österreich", erklärte
Monika. *„Und da gehen wir als nächstes hin!"*

„Das klingt gut!", stimmte Wilfried zu.

Bevor sie sich dort niedersetzten, machten sie
noch einen kleinen Bummel durch die *„Getreidegas-*
se", wo sich das Geburtshaus von *„Wolfgang Ama-*
deus Mozart" befindet. Monika hatte sich bei Wilfried
untergehakt und beide fühlten sich sehr wohl damit.

„*Magst du Kaffee und Kuchen?*", fragte Monika.

„*Sehr gern sogar!*", antwortete Wilfried.

„*Dann musst du die <Tomaselli-Sachertorte> probieren; sie schmeckt einfach himmlisch!*"

Wieder zuhause angekommen, animierte Monika ihren „*Salzburgbegleiter*" sich ein Stündchen niederzulegen.

„*Die beiden werden sicher nicht vor Abend zurück sein*", motivierte sie Wilfried, „*und bis dahin bleibt noch genügend Zeit dich beim Schach zu schlagen!*"

Wilfried nahm das Angebot gerne an und dann machte er etwas, was zunächst Monika und dann ihn selbst überraschte. Er küsste seine liebevolle Gastgeberin auf beide Wangen.

Johannes und Melitta befanden sich auf der Rückfahrt. Melitta hatte ihren Kopf an Johannes' Schulter gelegt. Sie suchte jede Gelegenheit der körperlichen Nähe zu Johannes. Selbst in Wien waren die beiden den ganzen Tag Hand in Hand unterwegs. Melitta liebte ihren Johannes so sehr, dass ihr der Gedanke, dass sie in wenigen Tagen wieder von ihrem Liebsten getrennt sein würde, schier unerträglich wurde. Johannes riss sie aus ihren Gedanken.

„Ich überlege gerade, ob ich die Episode <Hotel Astoria> nicht in mein nächstes Buch einfließen lassen soll", sagte er zu Melitta gewandt.

„Und als Titel könntest du <Der Mann, der Morbus Molière hatte> nehmen!"

„Genau! Das gefiele mir gut."

„Bist du glücklich?", fragte Melitta und ihre Stimme klang etwas traurig.

„Wie kannst du das fragen? Spürst du es nicht?"

„Doch, doch", antwortete Melitta schnell, "ich möchte es nur gern von dir hören."

„Ich bin glücklich, wie man glücklicher nicht sein kann. Bist du jetzt zufrieden?"

„Du nimmst mich nicht ernst; das tut weh."

Johannes, der sich nichts dabei gedacht hatte, fuhr mit seiner linken Hand über Melittas Gesicht.

„Du Tschapperl!", sagte er liebevoll, „ich bin unendlich glücklich und ich liebe dich!"

Melitta war zufrieden und sie konnte sogar wieder lächeln.

„*Was ist das, ein Tschapperl?*", *fragte* sie und sah Johannes von der Seite an.

Dieser antwortete, den Blick fest auf die Straße gerichtet: „*Tschapperl ist der liebevolle Ausdruck für ein kleines unbeholfenes Kind. In Deutschland würdet ihr wahrscheinlich <Dummchen> sagen.*

„*So, so, ich bin also dumm*", sagte Melitta, „*und mit so jemandem gibst du dich ab.*"

„*Ja! Und am liebsten Tag und Nacht. Und montags bis sonntags. Und das 365 Tage im Jahr.*"

„*Und was machst du am 29. Februar?*"

„*Da ruhe ich mich aus!*"

Jetzt mussten beide lachen.

Es ist eigenartig, dass sich viele jung Verliebte aus ihrem Erwachsensein davon stehlen, um wieder Kinder zu sein. Und das ist unabhängig, wie alt sie gerade sind. Und das ist schön.

Monika und Wilfried hatten die Schachfiguren für eine weitere Partie aufgestellt. Als Monika, die das erste Spiel verloren hatte, beginnen wollte, bat sie Wilfried kurz inne zu halten.

„*Ich würde dich gerne etwas fragen wollen.*"

„*Nur zu*", ermunterte sie Wilfried.

„*Wenn ich dir jetzt etwas anvertraue, kann ich dann davon ausgehen, dass du es für dich behältst?*"
Monika wollte schon eine flapsige Antwort geben, so in die Richtung gehend „*…wenn es sich um kein Schwerverbrechen handelt…*", hielt aber damit zurück, als sie den ernsten Blick in Wilfrieds Gesicht erkannte.

„*Wenn du das möchtest und wenn du mir das zutraust.*"

„*Ja!*"

„*Dann höre ich dir zu!*"

„*Liebe Monika, wie du ja weißt, habe ich Alzheimer. Im jetzigen Stadium kann ich, dank entsprechender Medikamente, gut damit umgehen. Ich weiß aber sehr wohl, dass die Krankheit nicht stehen bleibt. Ich möchte, bevor ich meine Umwelt nicht mehr erkenne, und im Besonderen meine Melitta, gewisse Vorkehrungen treffen.*

Wir selbst haben ja keine Kinder und mit der Verwandtschaft sind wir nicht sehr eng. Ich habe über Melitta dich und Johannes kennen gelernt. Ich schätze euch beide sehr und ich habe großes Vertrauen zu euch. Ich denke, es geht euch vice versa nicht viel anders. Dass Melitta und Johannes sich lieben, wissen wir beide. Und dass du es tolerierst, ja viel mehr noch förderst, ist unbeschreiblich schön und hilft mir sehr.

Monika hörte aufmerksam zu, verstand aber nicht wirklich, worauf Wilfried eigentlich hinaus wollte.

„Ich habe mir daher überlegt unser Haus in Twistringen zu verkaufen und in Eurer Nähe eine Eigentumswohnung zu erwerben. Ich habe schon von zuhause gegoogelt, dass es hier sogar ein Pflegeheim für Demenzkranke gibt."

Jetzt kristallisierte sich allmählich ein Sinn aus den Worten Wilfrieds heraus. Wilfried hatte aufgehört zu reden und schaute Monika erwartungsvoll in die Augen.

„Sprich bitte weiter, Wilfried!", animierte Monika ihn fortzufahren.

„Ich würde mit Melitta so lange in unserer Eigentumswohnung bleiben wollen, wie ich es verantworten und Melitta auch zumuten kann. Alzheimer hat leider auch eine unangenehme Begleiterscheinung, die Aggression.

Sollten sich die Symptome in diese Richtung bewegen, so würde ich in das Pflegeheim umziehen wollen."

„Meinst du nicht, dass Melitta damit nicht einverstanden wäre?", fragte Monika.

„*Das würde keine Rolle spielen. Ich würde zu gegebener Zeit meinen Willen diesbezüglich durchsetzen.*
Ich bin ja um einiges älter als Melitta und ich hatte eine wunderbare Zeit mit ihr. Es wäre für mich nicht mehr als recht und billig, ihr für diese Zeit meinen Dank dadurch auszudrücken. Der Gedanke ihr jeden Tag apathisch mit starrem Blick gegenüber zu sitzen, schreckt mich und ist mir unerträglich."

Monika sah Wilfried an und erkannte, dass ihr ein Mensch mit hehrem Charakter gegenüber saß. Er liebte seine Melitta nicht minder als sie ihren Johannes. „*Und ausgerechnet uns vier hat das Schicksal zusammen gewürfelt*", dachte sie bei sich.

„*Liebe Monika, verstehst du ein wenig, was ich dir sagen will?*", fragte Wilfried ängstlich.

„*Ja, mein Lieber, ich glaube, ich weiß, was du mir sagen willst!*"

„*Das ist gut!*
Sollte der Tag kommen, an dem ich dann ins Heim gehen würde, wüsste ich, dass Melitta in euer beider Liebe ein Zuhause hat.

Das setzt natürlich voraus, dass ich das Johannes und in erster Linie dir, liebe Monika, zumuten darf und kann."

Ohne zu zögern antwortete Monika: „*Das kannst und darfst du, mein Lieber!*"

In diesem Moment fand sich auch die Antwort auf die Frage, warum Wilfried die Beziehung seiner Ehefrau mit Monikas Ehemann sanktionierte, ja sogar unterstützte.

„Eine Bitte hätte ich noch: Melitta weiß noch nichts von meinen Plänen. Ich wollte das alles zuerst einmal vor Ort recherchieren. Und das war primär auch der Zweck dieser Reise. Ich konnte ja nicht ahnen, dass ich so zwei liebenswerte Menschen kennen lernen würde und dass wir uns in dieser kurzen Zeit so nahe kommen würden. Also bitte, liebe Monika, rede mit niemand darüber; auch nicht mit Johannes!"

„Ich werde das für mich behalten, du kannst dich darauf verlassen", versicherte Monika und dann stand sie auf, ging um den Tisch herum, umarmte Wilfried und gab ihm einen dicken Kuss. Sie küsste ihn auf den Mund und Wilfried erwiderte ihren Kuss. In diesem Augenblick entstand eine kleine Knospe der Liebe, die keine Zeit mehr haben würde sich zur vollen Blüte zu entfalten.

Die gemeinsamen Tage verflogen und der Abschied nahte. Die vier Freunde, die sie inzwischen ohne Zweifel geworden waren, hatten eine Gemeinschaft gegründet, die aus Respekt und Liebe geschmiedet war. Man versprach sich regelmäßig zu kontaktieren, was auch ohne dieses Versprechen wohl der Fall gewesen wäre.

Am letzten gemeinsamen Abend hatten Melitta und Wilfried ihre Gastgeber eingeladen das Weihnachtsfest in Twistringen zu feiern. Diese Einladung mussten Johannes und Monika jedoch ablehnen, weil das Weihnachtsfest der Familie gehörte. Das war immer so und Melitta würde auch immer darum kämpfen, dass das auch so bliebe.

Die Einladung den Jahreswechsel mit Melitta und Wilfried zu verbringen nahmen sie hingegen dankend an.

„Hallo, Mama, ich bin `s!"
Mit diesen Worten meldete sich Verena nach langer Zeit wieder einmal bei ihrer Mutter.

„Hallo, Verena! Das ist aber eine schöne Überraschung. Wie geht es euch?"

„Ich habe mich von Martin getrennt!"

Nach diesem Satz war erst einmal Funkstille. Nachdem sich die Hiobsbotschaft bei Monika gesetzt hatte, fragte sie:

„Warum das denn? Was ist passiert?"
„Martin hat eine andere!"
„Bist du sicher, Kind?"

„Ja, der Mistkerl hat es noch nicht einmal geleugnet."

„Und dann ist er einfach gegangen?"

„Nein, ich habe ihn rausgeschmissen."

„Aha!"

„Kann ich mit Oskar zu euch kommen?"

Monika zögerte einen Augenblick, um die Tragweite des gerade eben Erfahrenen besser überschauen zu können, was ihr aber nicht wirklich gelang.

„Natürlich kannst du kommen. Wann willst du denn kommen?"

„Morgen mit dem 10:30 Uhr Zug. Ich bin dann um 12:52 Uhr in Salzburg. Papa soll uns bitte abholen."

Das war Verena. Keine Bitte, sie abzuholen; nein eine Aufforderung – Widerspruch zwecklos. Verena und Birgit waren Zwillinge und unterschiedlich, wie man unterschiedlicher nicht sein kann. Verena war schon als Kind eine kleine, fordernde Persönlichkeit, die von ihrem „Papschi" jeden Wunsch erfüllt bekam.

Birgit war das völlige Gegenteil und Monika versuchte Birgit einen kleinen Ausgleich zu verschaffen, indem sie ihr mehr Zuneigung zukommen ließ. Mit Verena kam sie einfach nicht zu Recht. Sie hatte wohl von den „Schulmeister-Genen" ihres Vaters eine ordentliche Portion in die Wiege gelegt bekommen.

Birgit war mehr nach ihrer Mutter geraten und vielleicht auch deshalb Monika näher als Verena. Verena war nach ihrem Studium und der Ausbildung zur Dolmetscherin nach Wien gezogen, wo sie auch ihren späteren Ehemann Martin kennengelernt hat. Als sie geheiratet haben, war Oskar schon unterwegs.

„Ich freue mich schon darauf euch zu sehen! Bis morgen also!
Halt, was ich noch fragen wollte: hat Papa eine Freundin?"

Monika traute ihren Ohren nicht. *„Was war das denn eben?"*

„Wie meinst du das?", fragte sie Verena entsetzt.
„Na, ich habe ihn mit einer fremden Frau gesehen."
„Wann und wo soll das gewesen sein?"
„Ich glaube, so um Ostern herum in Wien."
„Ach so", antwortete Monika prompt, *das war eine sehr gute Freundin von uns."*
„Kenne ich die?"
„Nein! Und das geht dich auch überhaupt nichts an!"

Mit dieser klaren Ansage beendete Monika das Gespräch.

Der Zug kam pünktlich in Salzburg an. Monika freute sich schon sehr auf ihren Enkel, der im nächsten Jahr in die Schule kommen würde. Er war ein lieber, kleiner Kerl, der wohl eher nach seinem Vater kam, als nach Verena. Wie viele Grabenkämpfe musste

Monika mit Verena ausfechten, als sie noch klein war. Der „Papschi" hat es dann immer gerichtet und die Siegerin dabei hieß nur ganz selten Monika. Als Verena dann ihre eigenen Wege ging, hat sich das Vater-Tochter-Verhältnis etwas abgekühlt. Johannes hatte auch keine Anstalten gemacht seinen Termin zu verschieben, als er erfahren hatte, dass er von Verena als Fahrdienst eingeteilt worden war. Und daher stand jetzt Monika am Bahnhof.

„Wo ist der Papschi?, fragte Verena in vorwurfsvollem Ton, „ich habe gedacht, er würde mich abholen."

„Dein Vater hat einen wichtigen Termin; du musst leider mit mir Vorlieb nehmen", sagte Monika und musste dabei einen Anflug von Schadenfreude abwehren.

„Hätte er den Termin nicht verschieben können?"

Darauf gab Monika keine Antwort; das war ihr einfach zu blöd.

Zuhause angekommen, setzte Verena ihren Sohn vor den Fernseher und dann ließ sie die Katze aus dem Sack.

„Ich werde mein altes Zimmer wieder benützen. Und Oskar kann ja in Birgits Zimmer wohnen. Arbeiten kann ich auch von hier aus und wenn etwas wirklich Dringendes anfällt, bin ich ja mit dem Zug gleich *in Wien. Und du kannst ja auf deinen Enkel aufpassen, den du so liebst!"*

Diese Ansage ließ an Klarheit nichts vermissen und war frei von jedem Konjunktiv. Besonders der letzte Teil mit der *„Obsorge für den Enkel"* hatte es Monika angetan.

„Mein liebes Kind", antwortete Monika mit fester Stimme, *„das kannst du vergessen! Dein Vater und ich haben eine andere Lebensplanung. Unseren Beitrag in Sachen Kindererziehung haben wir zur Genüge geleistet. Du bist erwachsen, zumindest was dein Alter betrifft, und es ist deine Aufgabe dein Leben eigenverantwortlich zu gestalten. Da du ja, wie du gerade selbst erwähntest, von zuhause arbeiten kannst, und Oskar im Hort ist, dürfte das alles kein Problem sein. Und glaube mir, liebe Verena; das ist auch nicht verhandelbar!"*

Das hatte gesessen. Verena war kreidebleich im Gesicht geworden. Das hatte sie nicht erwartet. Und die Bemerkung der Mutter mit dem *„Erwachsensein"* hatte sie besonders getroffen. Erinnerungen wurden wach. Wie oft hatte sie früher mit ihrer Mutter gestritten; sie konnte einfach nicht mit ihr. Und das hatte sich bis heute nicht geändert.

„Das wollen wir erst einmal sehen!", antwortete Verena trotzig, *„da hat der Papschi wohl auch noch ein Wörtchen mitzureden!"*

„Du kannst ihn gleich selber fragen; er kommt ge-rade mit dem Auto."

Als Johannes bei der Tür herein kam, eilte Verena ihm entgegen und fiel ihm um den Hals.
„Hallo, Papschi! Ich freu mich so sehr dich zu sehen!"

„Hallo, Verena!", antwortete Johannes, deutlich weniger euphorisch, *„ich freue mich auch!"*

„Gut, dass du da bist. Mit meiner Mutter ist wieder einmal nicht zu reden."

„Das glaube ich nicht! In den vielen Jahren unserer Ehe hat es keinen einzigen Tag gegeben, an welchem ich nicht vernünftig mit deiner Mutter hätte reden können."

Die Enttäuschung stand Verena deutlich ins Ge-sicht geschrieben. Sie versuchte krampfhaft sich nichts anmerken zu lassen, was ihr aber schwerlich gelang.

„Was ist der Grund deines überraschenden Be-suchs?", fragte Johannes in einem sachlichen Ton.

„Ich möchte wieder hier einziehen!"
„Warum das denn; hat man dir deine Wohnung in Wien gekündigt?"
„Nein, aber ich habe mich ja von Martin getrennt und deshalb..."

„*Das ist deine Angelegenheit, da mischen wir uns nicht ein*", unterbrach sie Johannes mit einem Blick zu Monika hin.

„*Und was deinen Wunsch betrifft, hier wieder einzuziehen; da wird nichts draus. Deine liebe Mutter und ich haben uns einen ruhigen Lebensabend verdient und unsere Kinder, nebst Familien sind gern gesehene Gäste für ein paar Tage. Aber dann gehört unser Leben wieder uns.*"

Verena fiel grade in ein tiefes Loch. Dass es Widerstand seitens der Mutter geben würde, hatte sie ja einkalkuliert; aber dass „*ihr Papschi*" ihr so in den Rücken fallen würde, das wollte sie nicht begreifen.

Monika empfand eine tiefe Genugtuung über das Gesagte von ihrem Gatten. Sie hätte sich das schon vor vielen Jahren gewünscht, als Verena noch klein war, vielleicht hätte ihre Entwicklung einen anderen Verlauf genommen.

„*Wer war übrigens die Tussi, mit der du an Ostern über die „Kärnter Straße" flaniert bist*", machte Verena giftig ihrem Unmut Luft.

Monika schaute voller Entsetzen zu Johannes, der heftig mit sich rang. Dem Wunsch, seiner Tochter eine Ohrfeige zu geben, konnte er nur mit großer Mühe widerstehen.

*„Es ist besser, du packst jetzt deine Sachen zu-
sammen und verschwindest schleunigst. Deine Mutter
wird dich zum Bahnhof fahren!"*

Verena hatte den Bogen überspannt. Das war ihr
schlagartig klar geworden; aber jetzt gab es kein Zurück mehr. Ihre Spontanität und ihre Unbeherrscht-
heit hatten ihr wieder einmal eine Falle gestellt und
sie war prompt hinein getreten.

Monika fuhr Mutter und Kind schweigend zum
Bahnhof. Oskar hatte von alledem nichts mitbekom-
men und das war auch gut so. Es tat Monika weh,
dass der Enkel darunter leiden musste, denn Verena
würde den Kontakt zu ihren Eltern nicht so bald wieder aufnehmen. Die Verabschiedung von Monika und
Verena fand nicht statt. Verena hatte sich in ihrem
Trotz verschanzt und der verbot ihr sogar ein Min-
destmaß an Höflichkeit. Monika drückte ihren Enkel
ganz fest, in dem Bewusstsein, ihn für lange Zeit weder hören noch sehen zu können.

Der Kontakt zu den Bremer Freunden fand seit einiger Zeit via *„Skype"* statt. Es hatte schon eine andere
Qualität, wenn man den bzw. die Gesprächsteilneh-
mer nicht nur hören, sondern auch sehen konnte.
Unabhängig davon verkehrten Johannes und Melitta
weiterhin über ihre E-Mail-Accounts. Die Zärtlichkei-
ten ihrer Herzen ließen sich besser schreiben, als im

Beisein der Ehegatten zum Ausdruck zu bringen. Das war sowohl Monika als auch Wilfried klar.

Wilfried ging es übrigens recht gut. Er war medikamentös gut eingestellt worden und der Verlauf der Krankheit konnte dadurch relativ verlangsamt werden. Aussetzer in Form von Nichterkennen seines Umfeldes gab es bislang noch keine. Hingegen hatten Ungeduld und gelegentliche Aggressionen leicht zugenommen. Aber alles in einem erträglichen Rahmen. Weihnachten rückte näher und damit auch Sylvester. Alle freuten sich schon sehr auf das Wiedersehen.

Der Weihnachtsbaum war geschmückt und Schnee gerade noch rechtzeitig gefallen. Johannes und Monika freuten sich schon sehr auf die Kinder.

Verena hatte die Einladung abgelehnt. Zu tief saß noch der Stachel der Enttäuschung. Birgit und ihr Freund Matthias hatten ihr Kommen zugesagt und auch Michael. Michael hatte vor ein paar Tagen telefonisch angefragt, ob es in Ordnung ginge, wenn er einen Freund mitbrächte, der sonst an Weihnachten allein wäre. Und Monika hat das spontan erlaubt.

Als es an der Haustür läutete und Johannes öffnete, stand Michael vor der Tür. In seiner Begleitung der „Freund", der lange, schwarze Haare hatte, groß und schlank war und Barbara hieß. Als Barbara ihren Mantel abgelegt hatte, wurde ein Bäuchlein erkennbar, das so gar nicht richtig zu dem restlichen, schlanken Körper passte.

„*Meine Lieben, darf ich euch meine Lebensgefähr-tin Barbara vorstellen und da drinnen wohnt Iris, un-sere gemeinsame Tochter.*" Dabei zeigte Michael auf das besagte Bäuchlein von Barbara.

„*Du Filou!*", sagte Monika, „*uns so zu verschau-keln.*" Und ihr Mutterherz jauchzte vor lauter Freude. Sie hatte es schon aufgegeben, dass ihr „*Michi*" je eine feste Beziehung eingehen würde. Und jetzt war es Wirklichkeit geworden.

Birgit hatte noch vor Tagen versucht ihre Schwester umzustimmen. Aber der Sturkopf wich keinen Millimeter von seinem Standpunkt ab. Noch nicht einmal das Argument, dass sie ihrem Kind zuliebe erscheinen solle, vermochte sie umzustimmen. So blieb Monika und Johannes nichts anderes Übrig als das Geschenk für ihren Enkel mit der Post zu schicken. Sie hofften nur, dass Verena nicht so weit gehen würde die Annahme des Päckchens zu verweigern.

Barbara war von Michaels Eltern sofort und mit großer Herzlichkeit in den Kreis der Familie aufgenommen worden. Sie war eine sympathische Erscheinung und verstand sich auf Anhieb mit den anderen.

„*Im wievielten Monat bist du denn?*", wollte Monika wissen.

„*Erst im vierten Monat.*"

„*Dann wird es vielleicht ein kleiner Maikäfer!*", kam scherzhaft die Bemerkung von Johannes.

„*Ja, vielleicht!*"

Die Weihnachtstage vergingen viel zu schnell. Monika hatte sie sehr genossen, obwohl solche Familienfeste auch Arbeit bedeuteten. Birgit war der Mutter zur Hand gegangen und selbst Barbara ließ es sich nicht nehmen zu helfen. Sie hatte sich in kurzer Zeit in die Familie integriert.

Als alle wieder gefahren waren, setzen sich Monika und Johannes zusammen und reüssierten die vergangenen Tage.

„*Das war ein Fest, so ganz nach meinem Geschmack!*", sagte Johannes. „*Findest du nicht auch?*"

„*Ja, schon! Aber dass Verena und Oskar nicht da waren, das war schon sehr schade!*"

„*Aber wenn der sture Bock nicht will…*"

Die Wortwahl von Johannes war zwar etwas deftig; aber durchaus zutreffend. Deshalb unterließ es Monika auch etwas dagegen zu sagen.

„*Du wirst sehen, das legt sich mit der Zeit! Sei nicht traurig! Denk lieber an unsere Fahrt nach Bremen in wenigen Tagen!*"

Zwei Tage vor Sylvester stiegen die beiden um 08:15 Uhr in den Zug nach Bremen. Sie waren mit der Regionalbahn angereist und hatten nur kurz Aufenthalt, bevor sie in den Fernzug stiegen. Laut Fahrplan sollten sie, mit einmal umsteigen in München, um 16:08 in Bremen ankommen.

Sie hatten sich für diese Reiseform entschieden, weil ein Flug zwar schneller gewesen wäre, aber wenn man die Anreise zum Flughafen und das Einchecken dazu rechnet, dann kommt man auch schon auf fünf bis sechs Stunden. Und die Kosten für den Flug wären eineinhalb Mal so hoch. Dazu käme dann noch die Parkplatzgebühr am Flughafen. Und eine Fahrt mit dem Auto über eine so große Distanz stand schon gar nicht zur Debatte. Und so saßen die zwei Salzburger auf bequemen Sitzen im ICE und genossen die vorbei fliegende Schneelandschaft.

Der Zug kam mit nur wenig Verspätung in Bremen an. Es wurde schon allmählich dunkel, als Melitta und Wilfried voll Ungeduld auf dem Bahnsteig standen, um ihre Freunde in Empfang zu nehmen.

Die Begrüßung war sehr herzlich. Melitta wollte Johannes gar nicht mehr los lassen, so sehr hatte sie die Sehnsucht nach ihrem Liebsten geplagt. Und jetzt war er endlich da und alles war gut. Die Umarmung von Monika und Wilfried fiel nicht weniger herzlich aus.

Monika hatte sich, natürlich mit dem Wissen von Johannes, ebenfalls einen E-Mail-Account zugelegt und sie stand, seit den Ostertagen mit Wilfried in Verbindung. Melitta hieß das ebenso von Herzen gut, wie auch Johannes.

Die Beziehung von Monika und Wilfried war einer Liebesbeziehung durchaus ähnlich und doch auch wieder nicht. Sie fühlten sich zueinander hingezogen; jedoch nicht in der Weise, wie das bei Melitta und Johannes der Fall war. Es war eher eine spirituelle Verbindung, welche auf Körperlichkeit nicht primär angewiesen ist. Sie hatten sich zwar geküsst, was jedoch kein Begehren in den beiden ausgelöst hatte.

„Wie war die Reise?", unterbrach Wilfried die Stille während der Fahrt nach Twistringen.

„Angenehm, sehr angenehm!", gab Monika zur Antwort, *„und ohne jeden Stress!"*

„Das habt ihr genau richtig gemacht!", fuhr Wilfried fort. *„Wir freuen uns sehr, dass ihr da seid!"*

Johannes, der hinter Melitta saß, hatte seine linke Hand auf ihre Schulter gelegt. Melitta steuerte das Auto, denn Wilfried fuhr schon seit langem nicht mehr. Ab und zu trafen sich die Blicke von Melitta und Johannes im Rückspiegel und ihre Augen leuchteten. Wie sehr hatte sie diesen Tag herbei gesehnt. Jetzt war er endlich gekommen und das Glück mit ihm.

Der Abend dauerte bei vielen Gläsern Wein und viel Geplauder bis nach Mitternacht. Dann gingen die vier Freunde in ihre Zimmer. Melitta und Wilfried in ihr Schlafzimmer und Monika und Johannes ins Gästezimmer, in dem normalerweise Melitta schläft.

Melitta schlief schon seit Jahren im Gästezimmer. Das machte sie schon, bevor sie Johannes kennen und lieben gelernt hatte. Es war die Entscheidung beider Eheleute. So konnte Melitta auch in der Nacht schreiben, ohne Wilfried zu stören.

Ein weiteres Zimmer gab es in dem Haus nicht, was die Zusammenführung der beiden Liebenden vor ein Problem stellte.

Melitta und Wilfried hatten noch vor dem Eintreffen ihrer Salzburger Gäste darüber gesprochen. Es war ja naheliegend und auch kein Geheimnis, dass Melitta und Johannes zusammen sein wollten.

Wilfried bot Melitta eine Lösung an. Er wolle am Vortag von Sylvester mit Monika einen ausgiebigen Bummel durch Bremen machen.

Melitta nahm dieses großherzige Angebot ihres Mannes dankbar an.

Am nächsten Morgen unterbreitete Wilfried Monika das Angebot mit ihm Bremen zu erobern.

„Warum nur wir zwei?", fragte Monika, um im selben Augenblick zu bemerken, um was es eigentlich ging. Noch bevor jemand etwas sagen konnte, entschärfte Monika die Bombe selbst.

„Ich habe ganz vergessen, dass du ja an Ostern schon die Stadt erkundet hast!", sagte sie zu Johannes gewandt. *„Dann macht es dir sicher auch nichts aus, wenn ich mit Wilfried allein losziehe."*

„Nein; natürlich nicht!" sagte Johannes erleichtert. Und Melitta ergänzte: *„ Du wirst sehen, Bremen wird dir gefallen!"*

Nach dem Frühstück fuhr Melitta die beiden nach Bremen. Sie machte mit Wilfried aus, er möge sie anrufen, wenn sie ihn und Monika wieder abholen solle.

„Das wird sicher nicht so bald sein; sicher nicht vor dem frühen Abend!"
„Das ist egal! Du rufst an und ich komme. Wir bleiben die ganze Zeit zuhause!"

Über den zweiten Teil von Melittas Antwort gab es nicht den geringsten Zweifel; bei keinem von den beiden Stadtbummlern.

Es herrschte ein reges Treiben auf dem Marktplatz. Eine große Bühne wurde aufgebaut und rings herum

Stände für Essen und Trinken. Am nächsten Tag würden viele Touristen und auch sehr viele Einheimische den Marktplatz bevölkern.

Wilfried führte Monika in eine Seitengasse, in der ein kleines Restaurant versteckt lag.

„Ich werde dich jetzt in die <Bremer Küche> einführen", sagte Wilfried. *„Ich nehme nicht an, dass sie dir geläufig ist."*

„Sicher nicht, das ist Neuland für mich!"

Wilfried und Monika studierten die Speisekarte und was Monika da zu lesen bekam, sagte ihr nicht wirklich etwas:

„Kohl und Pinkel", *„Hochzeitssuppe"*, *„Bremer Kluten"*, *„Knipp"*, *„Bremer Labskaus"* und *„Bremer Kükenragout"*.

„Du liebe Zeit", sagte Monika, *„das sind für mich alles <Spanische Dörfer!>"*

Wilfried musste lachen. *„Dann lass mich für dich den Dolmetscher machen!"*

„Bitte, sei so lieb! Oder noch besser; such du etwas für uns aus!"

„Das mache ich sehr gern, meine Liebe!"

Als Wilfried das sagte, lächelte er. Er fühlte sich in Monikas Nähe so wohl, wie schon lange nicht mehr.

Monika war so ganz anders als Melitta. Sie war weich und nicht so taff wie seine Frau.

„Wir nehmen das Kükenragout. Das wird aus dem Fleisch von Stubenküken gemacht, vermischt mit Flusskrebsschwänzen, Krabben und Rinderzunge. Hinzu kommen Spargel, Erbsen, Möhren, Lauch, Zwiebeln und Champignons. Als Sättigungsbeilage wird Reis gereicht.“

„Das klingt sehr gut!“, sagte Monika und wollte dann wissen, was Stubenküken sind.

„Das sind junge Hühner mit einem Gewicht von 200 bis 600 Gramm, die nicht älter als einen Monat sind“.

Diese Antwort erschreckte Monika ein wenig; ließ es sich aber nicht anmerken. Hätte sie es jedoch vorher gewusst, sie hätte wohl etwas anderes gewählt.

„Früher habe ich sehr gern <Grünkohl mit Pinkel> gegessen“, fuhr Wilfried mit seinen Erklärungen fort, *„aber das mache ich schon lange Zeit nicht mehr.“*

„Warum nicht?“, wollte Monika wissen.

„Wenn ich dir die Zutaten für das Gericht erkläre, wirst du den Grund verstehen.
Pinkel ist eine spezielle, sehr fette Wurst im Schweinedarm. Sie enthält Speck, Grütze von Hafer oder Gerste, Rindertalk, Schweineschmalz, Zwiebeln, Salz,

Pfeffer und andere Gewürze. Diese sehr spezielle Wurst wird mit Grünkohl, Kassler und fettem Speck gereicht. Dazu gibt es dann Salz- oder Bratkartoffeln.

Wenn man das gegessen hat, braucht es Unmengen von Aquavit oder sonstigen geistigen Getränken. Wer dann noch nicht satt ist, der kann <Bremer Rote Grütze> als Nachtisch hinterher schieben."

„Das klingt ja furchtbar!", sagte Monika und war froh, dass Wilfried ihr diese weitere Bremer Spezialität erspart hatte.

Nach dem Essen machten die beiden einen kleinen Verdauungsspaziergang durch den *„Bürgerpark".*

„Darf ich dich etwas sehr persönliches fragen, Wilfried?"

„Alles, was du willst!"

„Es ist aber eher eine intime Frage".

„Das ist egal! Frage einfach!"

„Wir wissen ja beide, was gerade bei dir zuhause geschieht."

Monika erschrak über ihren eigenen Mut. *„Ist das richtig, was ich da gerade mache?",* fragte sie sich verunsichert.

„Ich denke doch, das wissen wir beide!", zerstreute Wilfried Monikas Zweifel mit einem feinen Lächeln.

Und dadurch ermutigt, fuhr Monika fort: *„Und das macht dir nichts aus?"*

Wilfried blieb stehen und sah Monika an. Bevor er die Frage beantwortete, wollte er zuerst Monikas Beweggründe wissen, welche sie veranlasst hatte ihn das zu fragen.

„Warum fragst du?"

„Bei mir hat das ja medizinische Gründe, warum ich dem Arrangement meinen Segen gegeben habe. Ich nehme an, dass du die nicht kennst."

„Doch, die kenne ich. Melitta hat sie mir irgendwann einmal erzählt."

Jetzt war Monika überrascht. Das hätte sie nicht gedacht.

„Nun, dann kannst du meine Handlungsweise ja nachvollziehen! Aber wie ist das bei dir?"

„Das will ich dir gerne sagen:
Du weißt, dass ich ein großes Stück älter bin als Melitta. Und du weißt um meine Krankheit. Ich muss starke Medikamente nehmen, die ebenso starke Nebenwirkungen haben. Eine davon ist das Einwirken auf die Libido. Lust auf Sex ist mir schon vor Jahren abhanden gekommen. Und das aberwitzige dabei ist, dass ich es nicht einmal vermisse.
Melitta ist zwar nicht mehr ganz jung, aber immer noch sexuell interessiert. Und das ist ja auch völlig

normal. *Ich hätte es auch verstanden, wenn sie mich verlassen hätte. Aber das hat sie nicht. Zwischen uns besteht immer noch ein Band, durch das wir verbunden sind. Das ist wohl so ähnlich wie bei dir und Johannes."*

Monikas Bewunderung für diesen Menschen wuchs in diesem Moment wieder um ein großes Stück.

„Wie konnte ein Mann, dem das Schicksal eine Krankheit auferlegt hatte, deren Verlauf in eine düstere Zukunft weist, solche Größe zeigen?"

Sie gingen weiter. Das Thema war für beide abgeschlossen. Die Erklärung, welche sie sich gegenseitig gegeben hatten, ließ keine Fragen offen.

„Es ist kühler geworden! Lass uns in ein nettes Kaffeehaus gehen und uns aufwärmen!"

„Das ist eine prima Idee!", nahm Monika Wilfrieds Vorschlag dankend an.

Als Melitta die beiden Stadtbummler in Bremen abgesetzt hatte, beeilte sie sich, wieder schnell nach Hause zu kommen. Sie wollte keine Minute der kostbaren Zeit versäumen, die ihr und Johannes geschenkt worden war.

Johannes wartete voll Ungeduld auf Melittas Rückkehr. Als sie die Haustüre öffnete, empfing er sie mit einem leidenschaftlichen Kuss.

„Nicht so ungeduldig, mein Herr!", sagte Melitta scherzhaft. *„Ist es schon so dringlich?"*

Johannes wurde rot ob dieser kecken Bemerkung.

„Du wirst ja rot, mein Liebster!", scherzte Melitta weiter.

„Unsinn!", antwortete Johannes, *„es ist nur sehr warm hier drinnen!"*

„Dann zieh dich aus!", bot Melitta als Lösung an.

„Hier?", fragte Johannes ungläubig.

„Hier und jetzt!", bestätigte Melitta. *„Und die Bettcouch kannst du auch gleich ausziehen!"*

Dann zog sie mit Johannes die Bettcouch aus und verwandelte diese in ein gemütliches Liebesnest. Damit blieb den beiden die Peinlichkeit der Zimmerwahl erspart. Es hätte sich Melitta im Bett, in welchem Monika mit Johannes schlief, nicht wohl gefühlt und umgekehrt Johannes im Schlafzimmer von Wilfried und Melitta nicht.

Champagner gab es keinen; dafür aber leise Kuschelmusik aus der Stereoanlage. Melitta hatte die CD extra für diesen Augenblick besorgt.

In den nächsten Stunden entlud sich alle Sehnsucht, die sich über viel zu viele Monate angesammelt hatte. Unendliche Zärtlichkeit verknüpfte die Liebenden und Worte, wie sie nur zwischen Liebenden entstehen können, erfüllten den Raum. Über dem Liebesnest spannte sich ein Bogen von unbeschreiblicher Glückseligkeit. Und Gott Amor persönlich bewachte mit Pfeil und Bogen das *„Tête-à-Tête"*.

Es war schon früher Abend, als Wilfried zuhause anrief und Melitta bat, sie möge ihn und Monika wieder abholen.

Johannes fuhr dieses Mal nach Bremen mit. Als sie am Treffpunkt ankamen, trafen sie auf zwei Menschen, die wohlgelaunt und voller Harmonie waren.

„Und wie war es?", fragte Johannes Monika.

„Es war wunderbar!", strahlte Monika über das ganze Gesicht.

„Und wie es dir gegangen, mein Schatz?", fragte Melitta ihren Gatten.

„Es geht mir prächtig; ich fühle mich so wohl wie schon lange nicht mehr!"

Melitta und Johannes waren einiger Maßen überrascht über so viel gute Laune.

Sie waren aber ebenso erfreut über diese Tatsache.

„Dann lasst uns einmal nachhause fahren! Alles einsteigen, Türen schließen!"

Wilfried setzte sich, wie ganz selbstverständlich, nach hinten zu Monika. Und also setzte sich Johannes neben Melitta. Eigentlich hätte er erwartet, dass Wilfried vorne sitzen würde, wie das bisher der Fall war.

Irgendetwas hatte sich verändert. Aber es war keinesfalls etwas, was beunruhigend wirkte.

Es beunruhigte Monika auch nicht, als Wilfried während der Fahrt ihre Hand hielt. Die Nacht war sternenklar, und die Klarheit dieser Nacht umfing auch die vier Menschen, welche im Auto saßen und die das Schicksal auf so seltsame Weise zusammen geführt hatte.

„Wir haben eine kleine Überraschung für euch!"

Mit diesen Worten empfingen Wilfried und Melitta ihre Gäste zum Sylvester-Frühstück.

„Wir laden euch für heute Abend zum Jahresausklang ins <FRITZ> ein!"

„Aha! Und was ist das?", fragte Johannes.

„Das <FRITZ> ist ein privates Theater und Varieté in Bremen, benannt nach seinem Gründer <Emil Fritz>".
„Und was erwartet uns da?", fragte Johannes weiter,
„Sei doch nicht so neugierig!", versuchte Monika ihren Gatten zu bremsen.

Melitta erlöste ihren Liebsten: *„Wir werden ein 4-Gänge-Dinner genießen, während uns die Künstler auf der Bühne mit ihrer Show unterhalten werden!"*

„Das klingt ja wunderbar!", bejubelte Monika die Idee, *„das wird sicher sehr schön!"*

Und das wurde es dann auch. Die vier Freunde hatten Sitzplätze, von denen sie die Bühne gut einsehen konnten. Die Show war ein bunter Mix aus Musik, Tanz und Comedy und das dargereichte *„4-Gang-Sylvester-Dinner"* war einfach exzellent.

Leicht scharfe Karotten-Ingwer-Cremesuppe
mit Croutons
***

Gemüsestrudel im Blätterteigmantel
mit Joghurt-Kräutersauce
***

Kalbskeule in Madeirasauce mit Kartoffel-
Mandeltaler und Erbsenschoten
***

Apfelstrudel auf einem Zimt-Karamell-Spiegel
mit Sahne

Um Mitternacht gab es Champagner, der in diesem Arrangement nicht enthalten war und den Johannes bestellt hatte. Auf diese Einladung hatte er bestanden und davon ließ er sich auch nicht abbringen. Alle Gäste umarmten sich, küssten sich und wünschten sich ein *„gutes Neues Jahr."*

Als sich Johannes und Monika mit Melitta und Wilfried diesem Prozedere angeschlossen hatten, konnten sie noch nicht wissen, was für ein ereignisreiches Jahr vor ihnen liegen würde.

Der Abschied, zwei Tage später, fiel allen schwer. Man hatte ein paar schöne Tage zusammen verbracht, und keiner wusste, wann sie sich wieder sehen würden.

„Meldet euch kurz, wenn ihr zuhause angekommen seid!", bat Melitta.

„Das machen wir sicher!", versprach Monika.

Ein letztes Winken und der ICE verließ den Bahnhof in Richtung Salzburg.

Als Johannes Stunden später zuhause die Post ansah, fiel ihm ein Brief von Verena in die Hände. Er gab ihn Monika.

„Liebe Mama, lieber Papschi!
Ich habe zu Weihnachten einen netten Mann kennen gelernt und wollte Euch fragen, ob ich ihn demnächst vorstellen darf. Ich hoffe es ist Euch recht und es geht Euch gut. Oskar hat sich über Euer Weihnachtsge-schenk sehr gefreut.
Ich wünsche Euch einen guten Rutsch und alles Liebe für das nächste Jahr!
Ich hab Euch lieb!
Verena"

Monika schüttelte den Kopf. *„Ich werde das Kind wohl nie verstehen",* sagte sie zu Johannes und gab ihm den Brief, mit den Worten *„der muss wohl an dem Tag gekommen sein, als wir nach Bremen fuhren",* zu lesen.

Dann nahm sie das Telefon, wählte Verenas Nummer und erklärte ihr, warum sie erst jetzt antwortete und dass sie sich über den bevorstehenden Besuch freuen würden.

„Wir sollten Melitta und Wilfried anrufen", sagte Monika und wollte Johannes das Telefon reichen.

„Mach du das bitte!", sagte Johannes und fügte hin-zu: *„Ich möchte später noch eine Mail an Melitta schi-cken."*

Es war Wilfried, der den Anruf Monikas entgegen nahm.

„Es freut mich, dass ihr wieder gut gelandet seid. War die Fahrt angenehm?"

„Ja, danke; es war alles bestens!"

„Liebe Monika, es ist gut, dass ich dich an der Strippe habe. Ich möchte dich um etwas bitten. Würdest du Johannes in unser kleines Geheimnis einweihen?"

Monika erschrak ein wenig und fragte verwundert: *„Was meinst du?"*

„Ich meine unser Gespräch von Ostern. Wegen meines Plans mit Melitta in Eure Nähe zu ziehen."

Erleichterung machte sich bei Monika breit und sie empfand ihre vorherige Reaktion als reichlich albern. Was hätte Wilfried auch erzählen können; es gab ja nichts.

„Weiß denn Melitta schon Bescheid?"

„Ja, wir haben gleich nach eurer Abfahrt darüber gesprochen."

„Und was hat sie gesagt?"

„Sie ist damit einverstanden."

„Das ist ja wunderbar", sagte Melitta und dachte still bei sich: *„Alles andere hätte mich auch gewundert."*

Sie meinte das aber in keiner Weise zynisch; es war ganz einfach die Wahrheit.

„Und dann hätte ich noch eine Bitte", fuhr Wilfried fort.

„Könnten wir uns für morgen, um 11:00 Uhr zum Skypen verabreden, um darüber zu reden! Vorausgesetzt, die Zeit passt euch."

„Das passt ganz sicher!", antwortete Monika.

„Fein, dann ganz liebe Grüße an Johannes und noch einen schönen Abend!"

„Euch auch! Bis morgen!"

„Meine Liebste!
Ich kann es noch gar nicht glauben, was mir Monika vorhin erzählt hat!"

Mit diesen Worten begann Johannes seine E-Mail an Melitta.

„Ist es wirklich wahr, dass ihr in unsere Nähe zieht? Wir wären dann nicht mehr durch viele hundert Kilometer voneinander getrennt und wir könnten uns so oft sehen, wie wir wollten? Sag mir, dass das kein Traum ist!

Ich denke jetzt gerade an unseren Nachmittag vor ein paar Tagen und in Gedanken spüre ich deinen weichen Körper. Und vielleicht können wir uns schon bald näher sein, als wir das je zu hoffen gewagt hätten.

Ich liebe dich so sehr und ich kann es kaum erwarten. Fühlst du auch eine solch große Sehnsucht wie ich? Ich könnte mir mein Leben ohne dich nicht mehr vorstellen. Das ist verrückt! Und doch ist es so...

Ich umarme dich und ich wünsche dir eine gute Nacht!
Dein Liebster."

Melitta musste wohl auch gerade vor ihrem Computer gesessen haben, denn ihre Antwort kam postwendend.

„Mein Liebster,
es ist wahr! Wir müssen jetzt nur noch einen Käufer für unser Haus finden; aber das dürfte kein großes Problem sein. Wilfried wird in den nächsten Tagen einen Makler beauftragen. Und ein passendes Objekt in eurer Nähe hat er im Internet schon ausspioniert. Und das, ohne mir etwas davon zu sagen.

Genaueres wird er euch dann morgen beim Skypen erzählen.

Geliebter, auch ich muss immer wieder an unseren Liebesnachmittag denken und die Aussicht, dir bald ganz nah sein zu können, macht mich zum glücklichsten Menschen unter der Sonne. Und glaube mir, meine Sehnsucht steht der deinen in nichts nach.

Ich wünsche dir auch eine gute Nacht und ich bedecke deinen Körper mit zärtlichen Küssen.
Schlaf wohl, mein Liebster!

Pünktlich um 11:00 Uhr saßen am nächsten Tag in Salzburg und in Bremen vier Menschen vor ihren Computern und hielten via Skype ihr vereinbartes *„Meeting"* ab.

Nach gegenseitigem Bekunden größter Freude über das Geplante, erläuterte Wilfried seinen Vorhaben.

Er bat Johannes bei einem Makler vorbei zu schauen, den Wilfried schon vor Wochen von Bremen aus kontaktiert hatte und der ihm schon einige Projekte unterbreitet hatte. Die Idee von Wilfried war, dass Johannes sich von dem Makler die von Wilfried in die engere Wahl gezogenen Projekte vor Ort zeigen lassen solle. Wilfried kannte sie ja nur aus Zeichnungen, die ihm der Makler über das Internet zukommen gelassen hatte.

Mit den von Johannes ausgesprochenen Empfehlungen würde sich Wilfried dann eingehender befassen. Und in der Zwischenzeit würde er den Verkauf des Hauses voran treiben.

Johannes erklärte sich spontan bereit sich der Bitte Wilfrieds anzunehmen und ihm jede Hilfe zukommen zu lassen, die ihm möglich war. Er verfügte, noch von seiner Zeit als Schuldirektor her, über ausgezeichnete Kontakte und die könnten durchaus hilfreich dabei sein.

Im Frühjahr war es dann soweit. Wilfrieds Makler in Bremen hatte einen Käufer für das Haus gefunden. Der Käufer hatte sich bereit erklärt Wilfried genügend Spielraum zu lassen, um eine passende Eigentumswohnung in Salzburg finden zu können.

Im April fuhren Wilfried und Melitta nach Salzburg, um Nägel mit Köpfen zu machen. Johannes und der Makler vor Ort hatten mehrere in Frage kommende Objekte heraus gefiltert, welche es jetzt zu besichtigen galt.

Die Bremer Freunde waren wieder mit dem Auto angereist. Johannes bewunderte Melitta, dass sie über 800 Kilometer mit dem Auto gefahren war. Wilfried war ja nicht mehr imstande das Auto selbst zu fahren. Sie hatten zwar in Würzburg einen Zwischenstopp gemacht und dort übernachtet; aber Wilfried fand das trotzdem bewundernswert. Wie wohl alles an seiner Melitta.

Die Besichtigung der Wohnungen verlief zur großen Zufriedenheit von Wilfried und Melitta. Es dauer-

te auch nicht lange und das Wunschobjekt war gefunden. Es lag nicht allzu weit vom Haus der Freunde entfernt und war, sowohl mit öffentlichen Verkehrsmitteln als auch mit dem Auto, gut zu erreichen.
Was jetzt noch vor ihnen lag, war der Umzug. Aber auch den würden sie irgendwie bewältigen.

Melitta und Wilfried fühlten sich von Anfang an in ihrem neuen Heim und auch in ihrer neuen Heimat sehr wohl. Johannes und Monika trugen ihren Teil dazu bei. Gemeinsame Ausflüge in die nähere Umgebung, gemeinsame Theaterbesuche und gemeinsame Spieleabende schweißten die vier Freunde immer mehr zusammen.

Wilfrieds Krankheit war wieder ein Stück weiter fortgeschritten. Aus Rücksichtsnahme darauf wurde die Art der Spiele von Wissensspielen, wie „Trivial Pursuit" auf Würfelspiele, wie „Kniffel" oder „Mensch ärgere dich nicht" umgestellt. Wilfried wollte das anfänglich nicht, weil es ihm unangenehm war. Aber irgendwann nahm er es dann doch dankbar an.

Am Stadtrand von Salzburg gab es ein „Senioren-Pflegeheim", das auch eine Abteilung für Demenzkranke hatte. Sein Name war „Bella Vista". Im Hinblick auf das, was Demenzkranke zu erwarten hatten, war dieser Name schon sehr gewöhnungsbedürftig, bedeutete doch „*Bella Vista*" nichts anderes als „*Schöne Aussicht*". Und über eine solche verfügten Demenzkranke wahrlich nicht.

Ende des Sommers war es dann so weit.

Wilfried, dessen Aussetzer an Häufigkeit zugenommen hatte, bestand darauf in das „*Senioren-Pflegeheim*" umzuziehen.

Sein neues Domizil bestand aus einem großen Wohn-Schlafzimmer, ausgestattet mit TV und Radio und einem angeschlossenen Badezimmer mit Dusche. Ein kleiner Balkon erlaubte einen direkten Blick auf den Park, der das ganze Anwesen umschloss.

Melitta besuchte Wilfried täglich und Johannes und Monika, so oft sie konnten. Es entstand schon eine eigene Stimmung, wenn die drei Freunde beisammen waren. Es war anders als früher. Die Leichtigkeit fehlte. Und einen feinen Hauch von „*betreten sein*" schwebte jedes Mal über den Begegnungen.

Melitta tat sich schwer den geistigen Verfall von Wilfried mit zu erleben und hilflos zusehen zu müssen, wie ihr die Krankheit den Gatten immer mehr entriss. Wilfried erkannte Melitta oft tagelang nicht. Dann schaute er sie nur mit leeren Augen an, so als wäre sie irgendein Gegenstand. Gott sei Dank, gab es auch wieder Tage dazwischen, an denen alles ganz normal schien. Das waren die Portionen Hoffnung, welche Melitta wieder für eine kurze Zeit aufzurichten vermochten.

Johannes und Monika kümmerten sich liebevoll um Melitta. Ohne deren Hilfe wäre sie sonst wahrscheinlich irgendwann verrückt geworden. An manchen Tagen lud Monika Melitta ein, die Nacht bei ihnen zu verbringen. Das war besonders wertvoll für Melitta. Es war *„Kraftstoff für die Seele".*

Obwohl Melitta diese Abende genoss, erlebte sie diese auch mit gemischten Gefühlen. Sie sträubte sich anfänglich auch dagegen, die Nacht mit Johannes zu verbringen. Monika bestand aber darauf, dass ihre Freundin sich in die liebevolle und Trost bringende Umarmung von Johannes begeben solle. Es würde ihr die nötige Kraft und den Halt geben für den Umgang mit Wilfried.

Diese Nächte mit Johannes hatten nichts mehr gemeinsam mit den leidenschaftlichen Umarmungen der Vergangenheit. Es waren Umarmungen, in welchen die Lust der Geborgenheit gewichen war. Und sie waren getragen von Fürsorge und Liebe.

Ende Oktober musste Johannes nach Wien zu seinem Verleger fahren. Monika lehnte eine Mitfahrt ebenso ab wie Melitta. Die beiden Damen hatten andere Pläne.

Johannes hatte das Erlebnis von dem ominösen Hotelnachmittag mit Melitta tatsächlich in seinen Roman eingearbeitet. Der Arbeitstitel für das Buch hieß: *„Die Begegnung mit Morbus Molière"*. Melitta musste schallend lachen, als ihr Johannes davon erzählte. Sie quittierte diese Idee mit einem *„du bist total verrückt!"*

Die Besprechung mit dem Verlegen war gut verlaufen und Johannes war schon wieder auf dem Rückweg. Wenige Kilometer von zuhause entfernt passierte es dann.

Der Nebel wollte sich an diesem Tag nie so richtig verziehen. Ein feiner Schleier lag über der Autobahn und der Belag war leicht rutschig. Das bedeutete jedoch nicht, dass das Autofahren dadurch wesentlich gefahrvoller war. Doch für Johannes war es an diesem Tag verhängnisvoll.

Als er auf der Überholspur an einem LKW vorbei fahren wollte, wechselte plötzlich ein PKW von der rechten Fahrspur auf die linke, um den LKW ebenfalls zu überholen. Johannes, der wesentlich schneller war, musste scharf bremsen, um dem PKW-Fahrer nicht aufzufahren. Das hatte zur Ursache, dass der Wagen von Johannes ins Schleudern kam und mit hoher Wucht unter den LKW geschoben wurde.

Johannes musste von der Feuerwehr aus dem Auto heraus geschnitten werden. Als er vom Rettungshubschrauber in das Krankenhaus geflogen wurde, war Johannes noch am Leben. Er verstarb aber kurze Zeit später im OP-Saal.

Es war für Monika und Melitta gleichermaßen gut, dass sie zusammen waren, als sie die Todesnachricht erfuhren. Und es traf beide gleichermaßen hart.

Man sagt, *„das Schicksal macht ein Ruckerl – und alles ist anders!"* Das passte hier ganz genau. Der unmenschliche Schmerz, welcher die beiden Frauen ergriffen hatte, umklammerte ihre Herzen und drohte sie zu erdrücken. Es war einfach zu viel, was auf sie eingestürzt war. Zuerst der geistige und körperliche Verfall von Wilfried und jetzt der Tod eines Menschen, den beide Frauen gleichermaßen geliebt hatten.

Die Beisetzung von Johannes fand in aller Stille und im engsten Kreis statt. Nur Monika mit den Kindern und Melitta.

Auf dem Sarg lag ein Herz aus roten Rosen und mit einer Schleife, auf welcher *„Monika und Melitta"* geschrieben stand. Monika wollte das so und Melitta nahm es dankend an. Auf dem Kranz der Kinder war zu lesen: *„In Liebe von deinen Kindern und Enkeln"*. Melitta war schon lange Zeit von den Kindern angenommen worden und selbst Verena hatte sich mit

der einst verunglimpften *„Tussi vom Papschi"* ange-
freundet.

Die Traueranzeige in der Zeitung war erst nach der
Beerdigung zu lesen. Monika wollte keinen Auflauf
am Grab von Johannes von ehemaligen Kollegen,
Schülern und von Freunden. Es sollte eine intime
Feier sein, an der nur ganz nahe stehende Menschen
teilhaben sollten.

Als Melitta und Monika einige Tage später Wilfried
besuchten, erlebten sie eine wunderbare Überraschung. Wilfried war so klar, wie schon lange nicht
mehr.

„Wo ist Johannes?", fragte er, *„ wollte er nicht mit-
kommen?"*
*„Nein, leider nicht! Er musste zu seinem Verleger
nach Wien. Aber beim nächsten Mal kommt er wieder
mit!"*

Die beiden Frauen mussten heftig ankämpfen,
nicht zu weinen. Sie hatten beschlossen Wilfried nicht
die Wahrheit zu sagen und sie trugen auch keine
Trauerkleidung. Darin waren sich beide einig, dass
Trauer ein Gefühl ist und keine Demonstration.

Nach dem gemeinsamen Mittagessen, gingen die
drei im Park spazieren. Wilfried war noch immer gut

drauf und hatte tausend Fragen. Als sie jedoch wenig später hinein gingen, um Kaffee zu trinken, senkte sich der Vorhang wieder und Wilfried zog sich zurück hinter seine Mauer der Vergessenheit.

Monika bot Melitta irgendwann an, sie möge doch zu ihr ins Haus ziehen. Melitta freute sich sehr über die liebevolle Geste von Monika, lehnte es aber ab.

„Sie bräuchte noch etwas Zeit, würde aber vielleicht später gern auf Monikas Angebot zurück kommen", so ihre Begründung.

Die beiden Frauen gingen auf verschiedene Weise mit dem Verlust des geliebten Menschen um.

Monika verlegte ihre Fürsorge mehr auf die Kinder und die Enkel. Und inzwischen war ja auch die kleine Iris hinzu gekommen. Die Erinnerung an Johannes verblasste mit der Zeit, denn die von einem veränderten Alltag ausgefüllte Gegenwart nahm sie voll in Beschlag.

Melitta zog sich hingegen immer mehr zurück. Die Besuche von Wilfried wurden weniger, denn inzwischen erkannte er niemanden mehr und starrte nur noch vor sich hin. Melitta spürte ihren Johannes stärker, denn je zuvor. Er war bei ihr in ihren Träumen und sie liebten einander in ihrer Fantasie. Dadurch waren sie unzertrennbar miteinander verbunden. Und eine neue Liebe würde es nicht geben.

Melitta hatte sich mit ihrem Liebsten eingeschlossen in einem *„Cocon ewiger Liebe."*

Die Frinnerung ist das einzige Paradies, aus dem wir nicht vertrieben werden können.

Jean Paul, deutscher Schriftsteller